Colección de erótica creada
por Luis G. Berlanga

Obras de Mayra Montero en Tusquets Editores

ANDANZAS

Del rojo de su sombra

Tú, la oscuridad

Como un mensajero tuyo

El capitán de los dormidos

El caballero de San Petersburgo

LA SONRISA VERTICAL

La última noche que pasé contigo

Púrpura profundo

MAYRA MONTERO

La última noche que pasé contigo

Diseño de la cubierta: © Sylvia Sans
Reservados todos los derechos de esta edición para:
© 2014, Tusquets Editores México, S.A. de C.V.
Avenida Presidente Masarik núm. 111, 2o. piso
Colonia Chapultepec Morales
C.P. 11570, México, D.F.
www.tusquetseditores.com

1.ª edición en esta presentación en Tusquets Editores España: marzo de 2014

ISBN: 978-84-8383-835-8

1.ª edición en esta presentación en Tusquets Editores México: marzo de 2014

ISBN: 978-607-421-550-2

Impreso en los talleres de Litográfica Ingramex, S.A. de C.V.
Centeno núm. 162-1, colonia Granjas Esmeralda, México, D.F.
Impreso en México – *Printed in Mexico*

Índice

Burbujas de amor

—No se ha muerto. —Hizo una pausa—. Se ha casado, que, si vamos a ver, es peor.

Celia se echó a reír, se le estremecieron los pechos desnudos y tuvo un último gesto maternal, puso su mano entre mis piernas, me buscó con los dedos y me aplicó una caricia circular, desprovista ya de todo deseo, una caricia agradecida y blanda, como el lengüetazo fiel de un animal. Luego se enroscó sobre mi cuerpo, como era su costumbre, y se quedó dormida. Hacía muchos años que no dormíamos desnudos y me intimidó el contacto de su sexo, abierto y plácido, que se adhirió con un dulcísimo chasquido sobre mi muslo izquierdo. Unos minutos antes habíamos hecho el amor, tal como se hace luego de veinticinco años de matrimonio, es decir, como se hacen unas maletas. Celia estaba algo bebida, era nuestra primera noche en el barco, bailamos un bolero y llegó a susurrar una frase que me dolió más que ninguna: «Al fin solos». Pensé entonces en Elena, pensé en el sueño que había tenido la misma noche de su boda, y cerré los ojos. Apreté a Celia y ella frotó su vientre contra el mío, envalentonada por la penumbra y por la actitud de las demás parejas, más o menos de nuestra misma edad, que a su vez se envalentonaban mirándonos a nosotros. Luego me lamió la oreja y volvió a repetir la frase. Al fin estábamos solos, era verdad, después de casi veintitrés años durante los cuales Elena había sido el eje de nuestras vidas, en inviernos y vacaciones, en primaveras y aniversarios. Elena creciendo, volviéndose bonita, más alta que Celia, mucho más fina, infinitamente más coqueta. Nuestra hija Elena.

Ya otras veces habíamos preferido viajar en barco. La niña nos acompañó cuando navegamos por el golfo de México —un recorrido corto: Tampa, New Orleans, la dulce Campeche—, y la niña estuvo, a punto de cumplir los quince, durante aquella travesía en la que subimos bordeando las costas de California, un viaje espléndido que nos asomó de pronto a los mares de Alaska. Pero esta vez se trataba de un crucero mucho más ambicioso, el periplo caribeño con el que habíamos soñado media vida, tocando islas distintas que no había tocado nadie, porque, a fin de cuentas, ¿quién de todos los amigos, aun de los más viajeros, se había bañado nunca en las caletas borrascosas de la Marie Galante? Esto sin contar la breve escala en Antigua y el final feliz de la travesía, el momento culminante del viaje que tendría lugar cuando atracáramos en la Martinica.

Intenté desasir mi muslo de la caricia de sanguijuela que era la entrepierna cálida de Celia. Ella se agitó desde el sueño y temí lo peor. Pero no se despertó. La cubrí con las sábanas y busqué a tientas el paquete de cigarros. Bermúdez, que sabe tanto de estas cosas, y que no en balde se ha casado ya tres veces, me lo advirtió antes de partir: las mujeres, en los barcos, medio que se desbocan. Es algo que no tiene que ver con la edad ni con los años de convivencia, no tiene que ver con el sobrepeso ni con los nietos. Tiene que ver, si acaso, con esa claustrofobia irreparable que se les sube a la cabeza tan pronto la nave empieza a levar anclas. El propio Bermúdez fue quien me consiguió los mapas y me sugirió las fechas, ya que no era bueno exponerse en temporada de huracanes, «de junio a noviembre», dijo, «el Caribe es el diablo». El hombre tiene la cualidad de excitarse con las aventuras ajenas, tiene la delicadeza de respaldarlas y, sobre todo, la gran ventaja de vivirlas. Por eso, quizás, es tan buen amigo. Un día que Celia vino a verme a la oficina, le habló irónicamente del efecto de vértigo que causaba el mar en las parejas. «El mar abierto, claro, sin contacto visual con tierra firme.» Celia sonrió, estaba demasiado atareada con los preparativos de la boda de nuestra hija. «Celita», le dijo él, saciando su manía por los diminutivos, «tan pronto como respires el olor del marisco, te volverás una leona.» Era otra teoría de Bermúdez, los mares calientes, el mar de las Antillas a la cabeza de todos, olían a marisco pasado. «Y el marisco pasado, ya tú sabes, es olor de mujer.»

Elena se casó en marzo. El novio escogió la fecha de su propio cumpleaños para desposarla. Y ella cedió contenta, y cedió su madre, y cedí yo mismo, destrozado de verla destrozar su vida uniéndose para siempre a ese granuja que durante más de dos años la estuvo masacrando, impunemente, en el asiento trasero de su automóvil. Yo solía espiarlos de madrugada, oculto detrás de las persianas, cuando él la traía de vuelta a casa. Primero bajaba Elena, miraba a todas partes y, de un brinco, se metía de nuevo por la puerta de atrás; luego lo hacía él, con menos cautela, desabrochándose el pantalón antes de zambullirse en la carnicería. Media hora más tarde aparecían los dos, cada uno por su lado, ella pálida, arreglándose la falda, y él más sereno, metiéndose la camisa, acomodándose el cinturón y bostezando. A la mañana siguiente se lo comentaba a Celia, que inmediatamente se ponía de parte de su hija, en el auto hablaban más tranquilos, decía, y, además, dentro de nada se iban a casar. El resultado fue que la misma noche de su boda soñé que estaba dentro del automóvil de Alberto, Alberto se llama mi yerno, masacrando a mi vez a una muchacha que no era mi hija, sino su mejor amiga. Se lo conté a Bermúdez, como quien cuenta un chiste, introduciendo una risita sarcástica, aunque por dentro me reconcomía el temor, esa certeza nauseabunda de que me estaba callando lo más elemental. «¿Está buena?», preguntó Bermúdez. Lo miré azorado y él creyó que no lo había entendido; se frotó las manos antes de insistir: «Pregunto que si está buena la amiga de tu hija». En el sueño, sí; en la vida real, la verdad es que no me había fijado. Jamás me gustaron las jovencitas, ni siquiera cuando tenía edad para que me gustaran. Celia, por ejemplo, me llevaba tres años, y era de las mujeres más jóvenes que había tenido en mi vida. A los dieciocho me enredé con aquella dama que había nacido el mismo año que mi madre. Y a los veinticinco, pocos meses antes de casarme, estuve a punto de tirarlo todo por la borda a causa de una mulata, cantadora de rancheras, con la que celebré, además de mi despedida de soltero, su cumpleaños número cincuenta y dos.

Junto a Celia me estabilicé, y en todos estos años no recordaba haberle sido infiel más que en dos o tres ocasiones, cuando ella partía a visitar al padre enfermo, que es la causa más común por la que las esposas suelen ausentarse. Aquellas infidelidades me dejaban de plano insatisfecho, al día siguiente amanecía con una especie de resaca del alma, me levantaba de mal humor y no podía acordarme de la cara de mi compañera ocasional sin que me viniera a la boca una insidiosa arcada. A las pocas semanas, Celia volvía llevando de la mano a Elena, hurgando en cada esquina de la casa como si esperara hallar alguna pista, y era en presencia de la niña cuando yo me ponía enfermo de remordimientos, la abrazaba con algo parecido a la desesperación, abrazaba a su madre, que entre tanto me miraba fijo, fijo y glacial, una mirada insostenible. Nunca supe si Celia sospechaba de aquellas miserables escapadas mías; ella, por su parte, regresaba radiante, las gravedades de su padre tenían un efecto rejuvenecedor no sólo en su rostro, sino también en sus hábitos. Dejábamos a la niña jugando en la salita y ella me arrastraba hacia la cama, excitada como una gata callejera, me tumbaba boca abajo, primero boca abajo, y se sentaba a horcajadas sobre mi nuca. «Ahora, date vuelta.» La obedecía, claro, quedaba yo totalmente expuesto al universo rojinegro de su carne, entonces ella emprendía esa caricia de medusa que iba desde mis labios hasta mi frente, afincándose por un momento en mi nariz, sólo un instante, para después volver atrás, desde mi frente hasta la lengua, así incansablemente, impulsándose con las dos manos, que se crispaban al borde de la cabecera, remando absorta sobre la calma chicha de mi rostro, un cuarto de hora, acaso más, hasta que yo la detenía inmovilizándola por la cintura, a duras penas sustraía mi rostro empapado y le rogaba que bajara, un ruego que ella trataba de ignorar hasta que yo, con más firmeza, la empujaba hacia atrás, la obligaba a retroceder, la ensartaba furiosamente en su verdadero trono y me dedicaba, en primer lugar, a desabotonarle la blusa (nunca le daba tiempo de quitársela ella misma), para luego atraerla hacia delante, apretar sus pechos contra mi boca y desquitarme contra esos dos pezones que después de tantos días siempre me parecían un poco más oscuros. Alguna vez me pregunté qué clase de espejismo, hallado junto al padre, la haría volver de esa manera. Sobre todo aquel día en que le descubrí una marca en el pecho, muy cerca de la axila, la clásica huella de un chupón, algo diluida ya, porque obviamente tenía bastantes días. Ella la miró sin inmutarse, dijo que seguramente era el sostén, le iba quedando demasiado estrecho. Yo evité pensar de nuevo en el asunto, pero supe, eso sí, que un primo de su padre se quedaba también algunas noches, turnándose con Celia para cuidarlo en el hospital. Luego, cuando al viejo le daban el alta, el primo volvía con ellos a la casa y seguían turnándose por las noches, tantas veces en esa habitación marcada por la muerte, asfixiándose juntos, ignorando los olores, hay olores que unen más que las desgracias. Me los imaginé a los dos, velando a los pies de la cama, tropezando deliberadamente en los pasillos; se me apareció nítida la imagen de Celia ofreciéndole una pastilla al moribundo mientras que por detrás se le acercaba ese hombre, «Marianito, el primo de papá», se paraba mansamente a sus espaldas y se le pegaba una pizca, un roce de nada, mero accidente del destino al agacharse para recoger una revista que el pobre viejo había dejado caer. Celia se ponía en guardia, pero desechaba la idea de inmediato, y el primo se aprovechaba de su lasitud, hasta cierto punto de su inocencia, y volvía poco a poco a las andadas, y frotaba su vientre contra las nalgas macizas de mi mujer, Celia sintiéndolo y apenándose, era, después de todo, el primo de su padre, un primo cada vez más solícito que sólo esperaba a que ella se inclinara (solía inclinarse a limpiar los labios del anciano) para embestirla sin compasión ni disimulo, imponiendo sus armas aun por debajo de la tela, jadeando levemente cuando les deseaba a ambos, al padre y a la hija, muy buenas noches, porque lo que era él, se iba a dormir. La historia, por supuesto, no paraba ahí. En realidad, Marianito se quedaba acechando a Celia, esperando a que también ella le diera las buenas noches a papá para irse a la cama, sólo que no a su cama, «sino a la mía, Celia», susurrándole al oído que lo había vuelto loco, «usted es la culpable», desgarrándole la blusa (Celia perdía, en cada uno de sus viajes, un par de buenas blusas), mordiéndola y empujándola hacia el hueco de la puerta donde ella aún se resistía, se debatía entre la decencia y el furor, musitando claramente que no y que no, hasta que Marianito, harto de tanto alarde, le atrapaba una mano, se la llevaba al bulto y sollozaba en su oreja: «Mira cómo me tienes». Nuestra pequeña Elena, que viajaba siempre con su madre, andaría a esas horas por el quinto sueño, pero Celia no podía permitir que la niña despertara y no la viera a su lado, de modo que en la madrugada salía de la habitación de Marianito hacia la suya propia, temblando de pies a cabeza, no tanto por el fresco de la hora, como por la sensación de gozo clandestino que, mal que bien, siempre la alebrestaba. Él le preguntaba si se verían a la noche siguiente, ella daba la callada por respuesta y, por supuesto, no volvía. Pero pasados dos o tres días, él la atrapaba en territorio neutro, pongo por caso la cocina, y mi mujer, haciéndose la mártir, se dejaba conquistar, se abandonaba toda, se derretía. El hombre finalmente la arrastraba hacia su madriguera, le alzaba la bata y le aflojaba la ropa interior, «siéntese aquí, mi reina», y encima le prestaba su rostro para que enloqueciera.

En una ocasión le pregunté la edad de Marianito, «si es muy mayor», le dije, «no estará en condiciones de cuidar a tu padre». Ella tensó el rostro y me miró de reojo: ¿quién me había dicho que Marianito era mayor?, tendría cinco o seis años más que ella, no mucho más, había perdido a su mujer hacía bastante tiempo y se sentía muy útil atendiendo al primo. «Está retirado», concluyó Celia. «El primo de papá se retiró muy joven.» Pensé que toda la energía, todo el empeño, toda la voluntad de ese jodido viudo estarían dirigidos a la obtención de un sórdido trofeo: el amor condicional de Celia, que al fin y al cabo se esfumó cuando mi suegro consiguió morir.

Desde entonces habían pasado muchos años, Celia no se ausentaba nunca y, por lo tanto, cesaron los arrebatos del reencuentro. Comenzó a vivir un poco a través de la vida de su hija, siempre ha sido una excelente madre. Pactamos que, una vez que se casara Elena, haríamos coincidir el viaje de novios de la niña con nuestro propio viaje, así la extrañaríamos menos y, cuando regresáramos de las islas, sería mucho más fácil bajar el trago de su ausencia. Sin embargo, no pudimos partir de inmediato, Bermúdez enfermó, «cuánto lo siento, Fernandito, tú sabes que lo siento», y la contabilidad del negocio recayó toda sobre mí. Volvió en junio, todavía flojo, y le prometí que esperaría hasta septiembre para salir de vacaciones.

Esa primera noche en el barco había extrañado mucho a Elena. Lamentaba que no hubiera venido con nosotros, me arrepentí de no haber hecho este crucero tiempo atrás, cuando ella aún era soltera, para que disfrutara con sus padres de lo que al lado de aquel imbécil no disfrutaría jamás. Se lo comenté a Celia cuando terminamos, sin mirarla a los ojos, porque la oscuridad del camarote no me lo permitía, y ella me contestó que no exagerara, que en definitiva la niña no se había muerto (aquí hizo una pausa), se había casado, que acaso era peor, pero también nosotros necesitábamos espacio, que la mirara a ella (sospeché que sonreía), que adivinara desde cuándo no le hacía yo aquello..., y me tocó los labios con la punta de su dedo perverso, su dedo sátiro que olía a marisco antiguo, a tierra remojada, a puro mar de las Antillas.

Querida Ángela:

Cierra los ojos y pide un deseo, entonces ábrelos, mira, ya estamos en el Caribe, tú y yo de cara a todos esos pájaros que no podemos ver, pero que en cambio podemos escuchar —toda la noche se oyen pasar pájaros—, la piel de tu cuello está salada, salada, me gusta el salado de tu piel, dentro hay un baile, hasta aquí nos llega la música, aunque no quieras tú, ni quiera yo, cuando lleguemos a la Martinica te regalaré un sombrero, Ángela-Josefina, emperatriz de los mares calientes, pide un deseo, pídelo con fuerza, aunque no quiera Dios, algún día tomaremos ese barco, iremos al Caribe, nos quedaremos a vivir en una islita remolona y negra, no te cambiaré por una negra, oscuros besos para ti, un *baiser noir*... y hasta la eternidad te seguirá mi amor,

Abel

Amaneció contenta. Tenía la facultad de despertar rápido y bien. Cantaba. Nunca he podido comprender cómo nadie es capaz de cantar apenas se tira de la cama. Pero Celia ha sido así toda la vida, en lo que otros bostezan y se pescan legañas, ella canta. Tiene eso que llaman un buen oído para la música, se le dan fáciles las melodías y se aprende las letras con sólo escucharlas un par de veces. Una memoria privilegiada la de esta mujer mía. Igual que para los teléfonos. He llamado a Bermúdez al mismo maldito número durante diez años y todavía lo tengo que buscar en la libretita. Celia, en cambio, se los graba aquí, tiene una especie de tarjetero computadorizado en el cerebro, vacila unos segundos, pero a la larga da con el número correcto, aunque hayan pasado meses desde que lo marcara por última vez.

«Quisiera ser un pez...»

Y oigo su voz, cunde su canto en ese oscuro lapachero de mi mente en el que siempre paso un rato antes de espabilarme por completo. Está entonando uno de esos boleros modernos, una canción que aprendió hace poco y que se ha quedado a medio camino entre la obscenidad y el disparate. Parece una broma, pero Celia arrecia con el estribillo: «Saciar esta locura, mojada en ti, mojada en tiiii...». Hace una pausa para preguntarme si no me voy a levantar, la mañana está preciosa, según le ha parecido ver por el ojo de buey, y ella no se piensa mover de la piscina en todo el puto día (en privado, le gusta usar dos palabrotas, todo es puto y todo es jodido). No le contesto de inmediato, todavía soy incapaz de un esfuerzo semejante. Pero ella tampoco ha esperado mucho por la respuesta, sigue cantando, sigue queriendo ser un pez para tocar su nariz en mi pecera y hacer burbujas de amor por dondequiera, «mojada en ti», repite, la muy zafia, «oooooh, mojada en ti».

Lo mío, sin embargo, son los boleros de antes, que no en balde han sido los boleros de siempre. Lo otro, lo de los corridos mexicanos, es una aberración inconfesable, como el señor que usa a escondidas la ropa íntima de su mujer. Pongo los discos con una sensación de vergüenza que me dura desde los días en que Celia y yo éramos novios, y me pedía que no le comentara a sus amigas que los domingos por la tarde nos encerrábamos en casa para escuchar a Jorge Negrete.

—¿Vienes conmigo, o subes luego?

Se ha puesto el bañador negro y una bata blanca de felpa que le llega a las rodillas. Celia ha tenido siempre unas piernas preciosas, y aparenta menos edad de la que en realidad tiene. Por lo pronto, ha encajado mejor que yo la boda de la niña, las mujeres siempre encajan mejor la soledad. Le digo que la acompañaré más tarde, cuando me haya despejado del todo. Ella sonríe y me hace adiós con la mano, sabe perfectamente que detesto las piscinas, y sabe de sobra que hoy no tengo alternativa: estaremos en alta mar hasta el oscurecer.

—Adiós, amor, adiós...

Cierra la puerta y queda flotando su perfume, una esencia dulzona, con un trasunto vivo de melocotón, algo fugaz que tiene que ver también con la canela. Cuando era joven, conocí a una mujer que solía mezclar los polvos faciales con polvos de canela. Decía que eso atraía a los hombres, y a lo mejor era cierto, en vista del alto número de caballeros que la distinguían. Una noche que llegué a verla, me despachó sin dejarme entrar porque estaba a punto de recibir otra visita. Me volví loco, en ese entonces uno se volvía loco, y no se me ocurrió otra cosa sino correr hacia su tocador, tomar los polvos faciales y lanzarlos al aire. Ella rompió a llorar, me arañó el rostro y me echó de la casa. Pero no me fui del todo, permanecí en la calle esperando a que llegara el otro, un hombre bajito, al parecer muy pulcro, con unas manos deshuesadas que daban ganas de chupar. Estuvo mucho tiempo dentro y, cuando al fin salió, yo aún estaba allí, parado en una esquina, elaborando meticulosamente mi venganza, y sentí envidia, sentí un deseo violento al verlo sacudirse la chaqueta, los bajos del pantalón, todo ese polvo que se le había pegado en las ropas. Esperé a que se alejara y regresé al lugar del crimen, llamé a la puerta y ella me abrió de nuevo sin decir palabra. Todavía estaba sudada, todavía olía al sudor de ese hombre y yo comencé a olfatearla como un perro que busca en las manos del amo el olor de otro perro. Los polvos faciales seguían tirados por la habitación, revueltos en el desorden de la cama, haciendo pequeños montículos junto a las hendijas de la puerta. La obligué a tumbarse, le alcé la falda y le empolvé todo su vello negro; le abrí las piernas, reuní más polvos, y la acicalé por dentro, extendiendo ese aromático tapiz que se iba mezclando, poco a poco, con la humedad suya y la ajena. Ninguno de los dos habíamos hablado y pensé que de un momento a otro comenzaría a insultarme, pero no lo hizo, sólo se limitó a jadear cuando le di el primer bocado, y sollozó muy débilmente cuando sintió el segundo. Yo me detuve, me incorporé para mirarle el rostro, la expresión más descocada que le vi jamás a una mujer, y enseguida volví a hundir la cabeza. Adentro sabía amargo, sabía de cerca a concha triturada, y sabía lejanamente, cada vez más lejanamente, a la canela. Poco después ella lanzó un aullido, golpeó la cama con los puños y se quedó totalmente quieta. Subí a gatas, lamiendo por aquí y por allá, chupando el mínimo trozo de carne que se me pusiera a tiro, la viré de espaldas, le mordí la nuca y en el instante mismo en que la penetraba, escuché la voz filosa del desquite: junto con esos polvos, dijo, me había tragado yo la leche de otro hombre.

Luego de eso, no la volví a buscar. Durante muchos años mantuve una ambigua relación con la canela: me repugnaba algunas veces, y había veces en que amanecía con un deseo brutal de saborearla. En una ocasión, Celia me preguntó al respecto, le respondí que había tenido una mala experiencia con un postre. No me atreví a confesarle que, cada vez que se ponía aquel perfume, me venía a la mente la dura imagen de mí mismo, un hombre solo que aguardaba su turno, parado en una esquina, obsesionado por aquel polvillo fraudulento que iba cayendo silenciosamente en un abismo.

Primero la busqué en el agua. Celia apenas sabía nadar, chapoteaba como un perrito en crisis y era incapaz de mantenerse a flote mucho rato. Pero le fascinaba estar allí, en algún lugar donde diera pie, zambullirse de vez en cuando para alisarse el pelo, agarrarse de una barra y estirar las piernas. Muy monótono su baño, muy predecible sobre todo. Había tanta gente dentro de la piscina que me detuve tratando de localizarla, y entonces escuché que me llamaba. Estaba un piso más arriba, acomodada en una tumbona, haciéndome adiós con la mano y conversando con una señora de edad. Caminé rumbo a la escalerilla y atravesé por entre las parejas que todavía arrastraban la molicie de su primera batalla a bordo. Desde arriba había una vista espléndida, se dominaba fácilmente medio barco, Celia me lanzó un beso y me presentó a su acompañante. Se llamaba Julieta, un nombre muy difícil de llevar si se tienen más de treinta, cuanto más si se es una mujer madura, relativamente madura, porque ésta no era tan vieja como me había figurado de lejos, era más joven que Celia y probablemente más joven que yo, tenía un rostro lozano, con una expresión mordaz que no acababa de encajar en ese entorno de cabellos blancos.

—Aquí donde la ves —me dijo Celia—, Julieta tiene ya dos nietecitos. Le estaba contando que Elena se nos casó hace poco, que a lo mejor pronto nos hace abuelos.

La conversación amenazaba con tomar un derrotero que me causaba náuseas. Miré al mar, sentí una oleada insoportable de calor, bajé la vista y entonces la posé sobre Julieta. Fue sin querer, pero me detuve allí, en sus muslos gruesos, bastante firmes por lo que se podía ver, ligeramente abiertos, de modo que era imposible no reparar en el lunar, una de esas manchas de color marrón subido, del tamaño y forma de una mariposa, bien cubierta de pelos. Quedé por un momento absorto en lo que se definía dentro de mí, la impresión exacta que me causaba el conjunto. Pudo haberme repugnado, la línea divisoria entre la repugnancia y el deseo es por lo general muy frágil. Pero el lunar dc esa mujer, ese islote surgido en el rincón más sugerente de su carne, me deslumbró de golpe, nada consciente, un fogonazo cerebral que se me reflejó inmediatamente abajo, provocando una erección mediana, apenas disimulable, casi animal. Levanté la vista y me encontré de frente con la mirada de Julieta, cerró los muslos y volvió el rostro hacia Celia, que no paraba de soltar lugares comunes acerca de las alegrías que nos dan los nietos.

—Se quieren más que a los hijos —resumió y me pidió que le aplicara el bronceador.

Se tumbó boca abajo, se soltó los tirantes y yo la cubrí de aquel aceite blanquecino que olía a dulce de coco. Julieta, mientras tanto, me observaba, sentí su mirada clavada en mis manos y me esforcé en hacerlas parecer más fuertes y laboriosas, más hábiles y despiadadas, es decir, más temibles.

—¿No quiere que le ponga un poquito?

Llevaba un bañador de dos piezas y, antes de darse vuelta, se aflojó la parte superior, sin sorprenderse para nada de mi oferta. Me incliné sobre ella, de espaldas a Celia, coloqué la boca del frasco directamente sobre su piel y tracé un camino recto que iba desde la nuca hasta la rabadilla. Luego comencé a extender el bronceador, frotando con toda suavidad, bajando en círculos, desviándome secretamente hacia un costado. Ella no se movía, casi no la sentía respirar, y sólo cuando le oprimí uno de los pechos —y de pasada le arañé la axila— me percaté de que temblaba. Elevó con disimulo el trasero y tuve la loca idea de que me lo estaba ofreciendo, volví la cabeza y me cercioré de que Celia no nos miraba. Entonces introduje mi mano bajo la parte inferior del bañador, entre sus nalgas, adelanté un dedo y traté de hundirlo lo más que pude, que dada mi postura no era mucho. Ella pegó un brinco y dijo que ya tenía bastante, esperé que me mirara, pero se mantuvo echada boca abajo, frotó su cuerpo contra la tumbona y ocultó la cabeza entre los brazos.

—Gracias —musitó—, huele muy bien.

Solté el frasco a los pies de Celia y bajé hacia la piscina. En mi vida recordaba haber hecho algo así. En circunstancias normales, ni siquiera me hubiera ofrecido para untarle el bronceador. Acababa de ponerme en evidencia, a mis años, con una hija recién casada y una esposa que ni siquiera viéndome en el trance iba a poder creérselo. Me zambullí y recorrí la piscina de un extremo al otro nadando bajo el agua, y no salí hasta que me supe al borde de la asfixia. Había perdido el control, me había desorientado por completo, a lo mejor así empezaba el mal de Alzheimer. Volví a zambullirme y mantuve los ojos abiertos: si no se había quejado cuando la manoseaba, era improbable que se lo contara a Celia. Pero éste no era el punto, tal vez la claustrofobia, acaso ese lunar, no había manera de eliminar lunares como aquéllos, los había visto en brazos y mejillas, pero jamás colocado tan vergonzosamente entre las piernas de una mujer.

Esa misma noche llegamos a San Juan. Julieta bajó con nosotros, acababa de divorciarse y viajaba sola, dos detalles que le ganaron el corazón de Celia. Hacía calor y ambas llevaban vestidos de verano, muy escotados y ligeros, parecían dos adolescentes. Me preguntaba cómo era posible que una mujer tan atractiva no tratara de disimular sus canas. Una de las muchas mujeres maduras que frecuenté en mi juventud tenía un problema similar. A los treinta y cinco, alegaba ella que a consecuencia de un susto, su bella cabellera castaña encaneció casi de golpe. Pero no sólo el cabello, el pubis también se le cubrió de pelos blancos, y recurrió a los tintes. Supongo que no eran tintes de buena calidad, porque, después de hacerle el amor, se me quedaba el bajo vientre todo embarrado de una melaza bermeja que apestaba a azufre. Traté de imaginar una Julieta morena, morena por arriba y morena por abajo, y en eso estaba cuando me sorprendió mirándola, me sostuvo la vista y me pidió como si nada un cigarrillo. Celia estaba empeñada en probar la comida japonesa de un restaurante que le habían recomendado a bordo, un restaurante japonés plantado en medio del Caribe es algo que resulta, cuando menos, sospechoso, pero allá fuimos los tres, andando, como quería Julieta, porque quedaba cerca de los muelles y porque, después de haber pasado dos días en alta mar, nos apetecía la idea de caminar un rato sobre tierra firme.

La noche empezó a discurrir en calma, pese a los constantes esfuerzos de Celia por reanudar el tema de los nietos. Yo, en cambio, me dediqué a alentar las confesiones de Julieta, quien, dicho sea de paso, tenía una profesión cautivadora: enseñaba el arpa, clases privadas, en su propia casa. Me imaginé a ese alumnado febril, adolescente, hipnotizado, profundamente hipnotizado por el lunar volcánico que aleteaba en la entrepierna de su profesora.

Celia ordenó *sushis* para todos y yo pedí de ese *sake* caliente que combinaba tan mal —y tan bien— con el bochorno poderoso de la noche. Julieta, deliciosa ignorante, declaró que sabía a vino hervido. Le llené varias veces un pequeño cuenco de porcelana que ella apuraba sin chistar, modosa y fina, limpiándose las comisuras después de cada sorbo, mirándome a los ojos, sacando frecuentemente la punta de lo que debía de ser una implacable lengua. La bandeja que trajeron por órdenes de mi mujer acabó de trastornarla. El pescado crudo, musitó, nunca le había gustado. Entonces Celia tomó de la bandeja un rollito delicado, diminutas huevas anaranjadas rodeadas por un anillo verde oscuro de algas secas, lo hundió rápidamente en la salsa y se lo pasó a Julieta. Ella lo estuvo observando, todavía bastante desconfiada, pero por fin se lo comió de dos bocados y aseguró que estaba delicioso. Una de las bolitas se le había escurrido bajo el labio, deteniéndose en un punto intermedio entre la barbilla y la boca, era un huevecillo blando y reluciente, que me causó, precisamente allí, una desazón indescriptible. «Si te gustó el *ikura*», presumió Celia, «ahora tienes que probar el *uni.*» Y con la misma le sirvió un segundo rollo, esta vez repleto de una carniza amarilla y rugosa, erizo de mar, sin duda, que la otra devoró muy dócilmente. Llené a rebosar mi propio cuenco y me compadecí de

Julieta, sometida a ese ritual inservible, masticándolo todo con cierta pereza, con cierta inevitable repugnancia. Y ataqué yo también, no tanto por el apetito como por la necesidad de unirme al culto. Escogí un *sushi* de atún, me decidió el color frambuesa de su lengua viva y lo comí tal cual, sin enmascararlo en el aliño, con la crudeza a flote, algo violento y dulce que me crispó instantáneamente el paladar. Celia, muy animada, quiso premiarme: «El *aoyagi* es para ti», y me extendió un bocado de aspecto letal; era una vulva sonrosada, la cresta del clítoris sobresaliendo de su cojín de arroz, palpitando intensamente bajo unos polvos misteriosos, un condimento de color marrón que me recordaba, de una vez por todas, los polvos de canela. Miré a Julieta, que me devolvió una mirada aviesa, irreverente, puta. Tomé el *aoyagi* entre los dos palillos y me lo llevé a la boca, pero no lo mordí de inmediato, lo empecé a lamer despacio, chupando el cuerpecillo eréctil y carnoso que me supo a babas de mujer. Julieta me lo vio todo en los ojos, frotó su pie descalzo contra mi tobillo y en ese instante supe que ya no iba a poder parar. Mastiqué correctamente aquel molusco, lo trituré con un coraje controlado, sorbí su jugo y aún no había terminado de tragarlo cuando Celia me rogó que probara el *torigai,* otra vulva cercenada especialmente para mi exclusivo festín, otro clítoris latiente, esta vez pardo y resbaloso. Era más de lo que cualquiera podía resistir. Dirigí la vista, como último refugio, a la boca de Julieta, eché en falta la minúscula bolita anaranjada que ya había desaparecido de su labio inferior y, un instante antes de venirme, me metí en la boca el *sushi* entero, apreté los dientes y lo sentí crujir. Había estado jadeando sin darme cuenta y Celia me miró alarmada, primero me había puesto rojo, comentó, y de repente muy pálido, afortunadamente se lo atribuyó todo al *sake,* demasiado caliente para este clima, y me invitó a tomar un sorbo del mismo vino de ciruelas que ella había estado bebiendo. Era un licor dulzón y espeso, que me produjo una inmediata sensación de bienestar. Antes de marcharnos, derramé adrede un poco de agua sobre mi pantalón. Celia me alargó una servilleta, la rechacé diciéndole que no había sido nada y ella se encogió de hombros: «Pues, si es así, que te lo seque el viento».

Por el camino coincidimos con otros viajeros que regresaban al barco. Los escuché hacer planes para el día siguiente, todo el día estaríamos en San Juan. Celia iba colgada de mi brazo, incluyéndome también en sus proyectos, y yo la escuchaba con esa indiferencia repentina que es síntoma infalible de una repentina felicidad. Al llegar junto a la rampa que nos conduciría a bordo, me detuve a esperar a Julieta, que venía algo rezagada. «Lisboa 16», me susurró al pasar, «mañana, después del desayuno.»

Ya en el camarote, mientras se desvestía, Celia comenzó a cantar bajito, creí reconocer la letra de un viejo bolero, ahora sí, uno de los míos, y me pareció providencial que lo cantara precisamente aquella noche: «Es triste recordar lo que no fueeeee», la acompañé mentalmente, «por eso, es conveniente aprovechar lo que no ha de volver».

Me repetí las señas del otro camarote, sin duda muy cercano, donde Julieta en ese mismo instante se desnudaba también: «Lisboa 16», lindo nombre para un cubículo del mar, buena combinación para designar aquel refugio donde mañana mismo, después del desayuno, yo me iba a transformar en un molusco imaginario, en una anguila hiperactiva, en un furioso y burbujeante pez.

Sabor a mí

Querida:

Vuelvo otra vez a conversar contigo, la noche trae un silencio que me invita a hablarte, y pienso si tú también estarás recordando, cariño, los sueños tristes de este amor extraño... Tesoro, aunque la vida no nos una nunca y estemos, porque es preciso, siempre separados, te juro que el alma mía será sólo tuya, mis pensamientos y mi vida tuyos, como es tan tuyo mi corazón,

Abel

Tiene una explicación sicológica, me he cansado de leer acerca de ello, montones de artículos en revistas médicas, reportajes asombrosos, hasta una encuesta que apareció hace poco en *Psychology Today* (una de las tantas revistas gringas que recibe Fernando), y cada vez encuentro un detalle que me acerca más y más a la clave: la proximidad de la muerte —de la muerte ajena, se sobrentiende— exacerba en algunos individuos el deseo sexual. Me refiero a la exacerbación extrema, por ahí hay cientos de casos documentados: el del dentista que no podía asistir a un velorio sin que lo avergonzara, justo en el instante en que empezaba a dar las condolencias, la aparición de una erección violenta. Él lo relacionaba con el olor de las azucenas, pero en realidad la cosa empeoraba si se le ocurría ir a mirar la cara del cadáver; entonces, simplemente, eyaculaba, se vaciaba allí mismo, frente al féretro, como un niño que no puede contener las ganas de orinar. Otro caso: una viuda joven, cuarenta y tantos bien plantados, después de la muerte del esposo, sufrió, casi consecutivamente, la muerte de la madre. Y sucedió que en plena funeraria, mientras el cura murmuraba el *Dies irae,* se metió la falda entre las piernas y se masturbó delante de todos. A partir de ese momento —se trataba de un ataque agudo— la sola visión de las esquelas, al hojear el periódico, la llevaba derecho al paroxismo. Una de las historias que más me han conmovido fue la del anciano de casi ochenta y dos, cuya mujer agonizaba en el hospital. Este pobre viejo, que tenía en su haber más de diez años de impotencia, aprovechó una noche que la enfermera dormitaba para arrancar sábanas y sondas, lanzarse embrutecido sobre la moribunda y violarla repetidas veces, con lo que le causó la muerte por asfixia, y supongo también que por sorpresa. No ando yo muy descarriada al comparar lo que me pasa a mí con lo que le ha venido sucediendo a estas personas. Son ya catorce años y siete meses desde que papá murió. Un tiempo largo, demasiado largo, sobre todo si se mide en mañanas, porque cada mañana, sin fallar, pienso en lo mismo, es la primera imagen del día, la idea original que rige luego toda la jornada. Abro los ojos, miro el perfil rendido de Fernando y los vuelvo a cerrar con esta angustia. Entonces me veo en la cama, otra cama, la que solía ocupar en la casa de mi padre, y oigo que llaman despacito a la puerta. Contesto sin abrir y Marianito me susurra que el viejo ha pasado mala noche, que ya ha llamado al médico. Le aseguro que iré enseguida y oigo sus pasos alejándose; no me atrevo a encender la luz, de modo que comienzo a vestirme a oscuras, haciendo el menor ruido posible, pendiente en todo momento de los humeantes ronquidos que vienen desde el lecho, dormir con Agustín Conejo fue siempre un poco como dormir con un dragón.

Se despierta cuando trato de ponerme los zapatos, me pregunta si ya se tiene que ir, le respondo que no y luego le digo que, mejor dicho, sí. Mi padre ha pasado mala noche, a lo mejor se va a morir. Prendo la luz y lo veo como pocas veces lo he visto, perezoso y relajado, peludo y, hasta cierto punto, vulnerable. «No lo veas», musita. Me imagino que se refiere a sí mismo, a su sexo en reposo, pero abunda: «No lo veas morir». Sigo arreglándome sin contestarle, él se incorpora y me llama desde la cama: «Quédate aquí». Me irrita el tono de su voz, tiene una voz pastosa y falsa por las mañanas, le repito que tengo que salir, que mi padre, mi-pa-dre, se está muriendo. Él se lanza de la cama, se sacude el sexo dos o tres veces y me escupe al oído: «Este de aquí también se está muriendo». Forcejeamos un rato junto a la puerta y me saca a tirones la falda, me desgarra la blusa, una de mis blusas favoritas, y el sonido que produce su zarpazo es para mí más persuasivo que la mejor caricia; termino de desprenderme yo misma de los harapos y los agito frente a su rostro: «Ahora», le digo, «te los vas a tener que comer». Marianito vuelve a tocar, esta vez sin duda ha escuchado algo, porque susurra «Celia, Celia», y se larga sin esperar respuesta. Yo estoy lejos, muy lejos ya, tumbada de nuevo en la cama, hundiendo la cara en los despojos de mi propia ropa, arqueándome ligeramente para que el otro pueda colocar una almohada bajo mi vientre. Pienso en papá, hace ya dos días que está en coma, la boca inútilmente abierta, los sádicos tubitos saliéndole por la nariz, y escucho la maloliente voz de mi verdugo, «prepárate, hija de puta»; siento el contacto de su torso velludo agitándose contra mi espalda, su mano de gorila que va abriendo el camino, papá se ahoga, se está ahogando y Marianito no sabrá qué hacer, la punta de su sexo que me perfora, papá cianótico y Marianito paralizado, un dolor de clavo al rojo vivo, me muero, se muere, «ahí tienes a tu muerto, hija de puta», y no poder gritar, no poder rogarle que haga el favor de no moverse, que cada movimiento es una herida adicional, una punzada insoportable, una razón de peso para decirle que lo nuestro se acabó, papá ya no respira, que no tendré que venir más ni por el hospital ni por la casa, «todavía te falta lo mejor», que no me avergonzaré otra vez por causa suya, «aún no la metí entera». Marianito poco a poco recobrará el movimiento, y yo, yo también lo recobraré, «así me gusta, hija de puta», dentro de nada oiré sus pasos, «Celia, por favor, abre la puerta», el brazo de Agustín Conejo rodeará mi cintura, «tu padre, Celia, acaba de morir», se meterá bajo mi vientre, entre mi vientre y la almohada, «muévete así», estirará su sucio dedo, rebuscará afanoso entre mis piernas y me hallará casi al final, «murió tranquilo, Celia», me moriré también diciéndoles que me perdonen, «muévete más», que me perdonen Dios, papá, la pobrecita Elena, que me perdone allá Fernando, pero que así me gusta, así, más rápido, no te detengas, «todavía falta lo mejor», todavía no.

Abro los ojos y estoy de nuevo donde debo estar, han pasado catorce años y siete meses, pero retengo vívida mi propia imagen corriendo escaleras arriba, llegando a la habitación de mi padre al mismo tiempo en que lo hace el médico, topándome, topándonos, con un Marianito lloroso, resentido, algo burlón: «lamento informarles que aquí no hay nada que hacer». Papá yace cubierto por una sábana y yo estoy sangrando, siento algo viscoso entre las nalgas y sé perfectamente que es mi propia sangre. Elena, en otra habitación, todavía duerme, mi niña sí que es inocente, ni la muerte de su abuelo ni las calenturas de su madre pueden rozarla a estas alturas. La sangre me corre hacia los muslos y aprieto las piernas para que nadie la descubra. Marianito solloza, me mira de reojo y sospecho que me envidia, sabe que sangro, estoy segura de que conoce la causa por la que estoy tan rígida. El muy ladino sospecha que he gozado, he gozado allí mismo por donde a él le gustaría gozar.

Después del entierro, Agustín Conejo y yo pasamos una última noche juntos, unas pocas horas para advertirle que no volveremos a vernos. Venderé la casa de mi padre, ya no tendré ninguna excusa para volver allí y, aun cuando la tuviera, creo que tampoco volvería. Él se rasca obsesivamente el vientre, se acaricia de vez en cuando esa culebra exhausta de la que nunca hay que fiarse demasiado. Yo mientras tanto intento provocarlo, causarle la angustia de la separación sin darme cuenta de que sólo conseguiré causármela a mí misma. Me incorporo para lamerle el pecho y desciendo para chupar su víbora dormida. «Hija de puta», me dice, «¿a qué te sabe?», sigo lamiendo mientras se me llenan los ojos de lágrimas, a qué puede saberme sino a mis propias nalgas, a mi sexo pleno, a mi pellejo herido. «Pues tú verás lo que haces», me escupe, con los ojos aguados, «tú verás si te la quieres perder.»

Se hace llamar Julieta. Un nombre fascinante, sobre todo cuando lo lleva una mujer madura, me hubiera gustado mucho llamarme así. Sin embargo, desde que me lo dijo, tuve el presentimiento de que mentía, fue algo en la manera de hablar sobre sí misma, cierta actitud, cierta distancia que iba poniendo con respecto a sus propias historias. Tal vez sólo hayan sido figuraciones mías, da la casualidad de que hace algún tiempo quise escribir un cuento sobre una mujer como ella, que va sola en un barco. No soy muy buena escritora, he escrito a lo sumo tres o cuatro poemas en toda mi vida, pero para este cuento imaginé una trama muy interesante, de mucho contenido. Esta mujer, de unos cincuenta años, se dedica a hacer bizcochos para la venta, bizcochos de bodas, de cumpleaños, de bautizos, un negocio estrictamente familiar. Un buen día decide que va a tomar unas vacaciones; elige un barco, un recorrido también por el Caribe, y reserva un camarote de lujo. Se va a gastar todos sus ahorros, todo lo que ha logrado reunir en muchos años de trabajo, pero está segura de que la inversión vale la pena: tan pronto como la nave se aleje de la costa, ella se convertirá en otra mujer. Hará que la llamen por un nombre falso, se inventará otra profesión (por nada del mundo se le ocurrirá decir que es pastelera), y se entregará sin el menor recato a una espectacular cadena de aventuras con pasajeros muy mayores, viejecitos pulcros que dejan chachareando a sus señoras para poder visitarla en la clandestinidad del atardecer. En pleno desenfreno conoce a un hombre de su misma edad, que también tiene un oficio muy vulgar: vende boletos en la taquilla de un cine. Al igual que ella, se ha gastado todos sus ahorros en subir a ese barco para poder mentir. Se enamoran perdidamente, con una pasión muy enfermiza, él la obliga a raparse la cabeza —a partir de ese momento ella se exhibirá en cubierta con un turbante de color verde aceituna—, y todas las mañanas la bautiza en el nombre del padre con un chorrito de su propio orín. Alguna que otra noche suele apagar, en la naranja china de sus nalgas, no el cigarrillo común de los torturadores, sino montecristos auténticos de Pinar del Río, habanos legítimos que chisporrotean al tocar la piel. Una madrugada logra una proeza inspirada en el ambiente marinero que los rodea: le introduce una brújula en la vagina, una esfera metálica, bien aceitada y pulida, entibiada previamente en agua alcanforada. Ella, por su parte, también se extrema en sus castigos y del azote común ha pasado, en cuestión de días, a tormentos un poco más refinados: recoge los espinazos del pescado que sirven en la cena y les arranca las púas más gruesas, luego las aliña con salsa picante *—sembramos de espinas el camino...—* y las va hincando una tras otra en el trasero pálido de su adorado. Mientras tanto, las apariciones en público son de lo más normales, se hacen arrumacos en el cine y en los alrededores de la piscina, bajan tomados de la mano en los distintos puertos que va tocando el barco y regresan cargados de paquetes, como un antiguo matrimonio en su segundo aire. El único signo inquietante es, si acaso, el repentino enflaquecimiento de ambos, y, por las noches, al encontrarse en el camarote —casi siempre en el de ella—, se gastan mutuamente una broma muy macabra que consiste en dibujarse los huesos por encima de la piel, de modo que al caer en la cama semejan dos esqueletos reciclados, atrapados en una lucha sin destino que culmina, tarde y mal, con la osamenta diluida en el sudor de sus hazañas.

Cuando está a punto de concluir la travesía, ellos también están tocando fondo en su particular peregrinaje al centro de la perversión. Se ven muy demacrados, han llegado al extremo de infligirse pequeños tajos en los dedos por el simple gusto de chupar la sangre que mana de las heridas; se acompañan al inodoro para verse el uno al otro defecar, y se dibujan en la espalda, con un pincel untado de mierda, esas pequeñas inscripciones que lo resumen todo: «Moriré con Cristóbal» o «Devoraré tu pubis, Valentina».

Al momento de desembarcar, ella se encuentra tan enferma que una ambulancia tendrá que recogerla junto al barco. Él también está agotado, pero será capaz de salir por sus propios pies de los muelles para dirigirse al cine: esa misma noche vuelve a su trabajo. No se intercambian direcciones ni teléfonos. Valentina, que en la vida real se llama Consuelo, pasará una semana recluida en el hospital, aquejada de deshidratación, debilidad y fiebre nocturna. Cuando vuelva a su casa, hallará un largo pedido de bizcochos. De bodas y de cumpleaños. De dos, de cuatro y hasta de siete pisos. Con relleno de crema, de fresa o de limón. Cristóbal, cuyo verdadero nombre es Eduardo, sufrirá durante los primeros días de ansiedad y sonambulismo, ocasionados ambos por el temor de contraer el tétanos a causa de los pinchazos con las espinas de pescado.

Para este cuento tenía al menos dos posibles desenlaces. En el primero, la mujer recibe un pedido, una muchacha llega a la casa para encargarle un bizcocho de bodas, abona una pequeña cantidad y desaparece. Le ha dejado una nota en la que especifica color, tamaño y fecha en la que deberá ser entregado, pero olvida poner su teléfono, algo esencial para reconfirmar detalles (no sería el primer bizcocho que queda a la deriva después de que una boda se va a pique), y en vista de que se acerca el día de entrega, Consuelo decide ir a la dirección que aparece en el papel. Llama a la puerta, le abre el hombre del barco, y ambos se quedan de piedra. Al cabo de un rato ella le muestra la nota del pedido. El hombre, con un taco en la garganta, le explica que se trata del bizcocho de bodas de su hija, que se casará el próximo sábado. Ni siquiera la invita a pasar, habla en susurros, como para evitar que alguien lo escuche. A ella le está creciendo el pelo, ya no usa el turbante de color verde aceituna y se le están cicatrizando los pequeños tajos de las manos, se recupera de cuerpo, pero no de alma. Sale de allí perpleja, la cara ardiéndole como de fiebre, y una vez en su casa recobra la sangre fría y elabora el bizcocho. Cumple con el color y el tamaño indicados, se esmera en la decoración y le coloca, arriba de todo, la inevitable parejita de porcelana. Sólo en un pequeño detalle transgredirá las reglas: antes de entregarlo, rellenará la manga con una gelatina púrpura y escribirá un mensaje que alucinará a los del casorio: «Moriré con Cristóbal».

El otro posible desenlace tiene lugar cuando ella, por casualidad, va al cine y lo descubre en la taquilla. Es miércoles y es lo que llaman «Día de Damas». Su boleto, por ser ella mujer, sólo le cuesta la mitad, pero Cristóbal se lo cobra entero. Una vez dentro, escoge una butaca solitaria con la esperanza de que él venga a sentarse a su lado; en su lugar, llega en cambio un hombre joven, se acomoda con las piernas abiertas —la está rozando con el codo— y, al cabo de unos minutos, se abre la cremallera y desenvaina. En circunstancias normales, o sea, antes de haber viajado en aquel crucero —su vida, ahora, se divide en dos partes, antes y después del crucero—, ella se hubiera cambiado de lugar. Pero esta vez no sólo se queda, sino que se revuelve lascivamente en el asiento, se desabotona la blusa y se pasa varias veces la lengua por los labios. El hombre recibe el mensaje y le coloca una mano sobre las rodillas, luego se la introduce por debajo de la falda y le acaricia los muslos. Ella también lo acaricia, a duras penas puede abarcar ese descomunal espárrago que se le ofrece, pero lo abarca y lo domina, lo agita suavemente, va calculando poco a poco su furor. De repente, él la agarra por la nuca y la obliga a inclinarse. Consuelo accede a la primera, entreabre los labios y succiona ávidamente, saca la lengua y da una vuelta minuciosa alrededor del glande, sigue hacia abajo, vuelve a subir, abre las fauces de leona y deja penetrar aquel cabezo hostil que no conoce la derrota. Luego se aplica en la tarea de tragarlo, será un proceso lento y doloroso, como el de la boa constrictor que descoyunta a su adversario a costa de su propia asfixia. El hombre gime, se contorsiona en el asiento, balbucea palabras llenas de rencor, una sarta inmunda de maldiciones y promesas, y aúlla lastimeramente cuando se siente a punto de llegar, pero Consuelo no se inmuta, ni siquiera al intuir que se han prendido las luces de la sala, una corriente subterránea le anegará de pronto la garganta, un golpe de agua alimenticia y dura que tragará boqueando, el pecho a punto de estallar. Al incorporarse, descubre que hay dos hombres parados frente a ellos, invitándolos a salir del cine. Ella se levanta y se encamina dignamente hacia la puerta, se detiene frente a la taquilla, sólo un cristal separa su mirada de la mirada absorta de Cristóbal, tiene el aspecto de una desquiciada y ni siquiera se ha limpiado el hilo blanco que se le escurre por la comisura, pero sonríe, extrae su creyón de labios y escribe letra a letra en el vidrio: DEVORARÉ TU PUBIS, VALENTINA.

Cuando le conté la idea a Fernando, se sintió algo decepcionado por los dos finales y empezó a sugerirme otros. A su juicio, lo mejor era que los protagonistas murieran en el mismo barco. Podían morir, me dijo, como los machos de las ratas marsupiales, con las vísceras destrozadas a causa del apareamiento más feroz; o como los antílopes rusos, que se olvidan de comer en sus francachelas de otoño y luego caen como moscas tan pronto asoma el invierno; o devorados entre sí como las mantis religiosas, tanto más crueles cuanto más se acercan al oscuro vórtice de su delirio. No debió de complacerme ninguna de las tres alternativas, porque nunca escribí el cuento. Y no volví a recordarlo hasta ahora, cuando me topé con esa Julieta en la piscina y se me ocurrió que ése tal vez no era su nombre, que seguramente había escapado de su casa con los ahorros de toda una vida, abandonando a su destino, dentro de un horno que ya nadie se ocuparía de apagar, el último bizcocho de bodas que preparó jamás.

De todas formas, he notado que a Fernando le gusta esa mujer, hace mucho que no lo veía mirar así a ninguna, finge la voz cuando le habla, saca el labio inferior, arquea la ceja como un galán de cine mexicano, Arturo (Fernando) de Córdova, y, por si me quedaba alguna duda, la misma noche en que partimos de San Juan, cuando nos acostamos, me soltó ese comentario sospechoso. El lunar que tenía Julieta entre los muslos, ¿se lo había visto?, no era tal lunar, sino una callosidad causada por el constante roce del arpa. Le pregunté cómo lo había sabido y me respondió que esa mañana, mientras yo estaba de compras, habían estado platicando en la piscina, que surgió el tema de la música y ella le contó de los inconvenientes de tocar un instrumento tan pesado como aquél. Estuve a punto de hacerle dos reproches, el primero, por no haberme acompañado a la ciudad; y el segundo, por indagar en los lunares de otra pasajera. Pero me contuve a tiempo, él ya se había inclinado para besarme allí, a la vez que maniobraba para colocarse a gatas, el sexo rígido colgando encima de mi cara. Cerré los ojos y apareció una de mis imágenes favoritas, la silueta inmóvil de un difunto cubierto por un escaso lienzo que apenas le llegaba a los tobillos. Nada podía excitarme tanto como aquello: Fernando, por un lado, recibiéndome en la punta de la lengua; y yo, por otro, esperando que la boca se me llenara de latidos para fantasear con los pies inútiles del muerto. Después, cuando ya todo hubiera terminado, me avergonzaría de alimentar esas visiones, pero de momento me era imposible prescindir de ellas.

Al terminar, Fernando maniobró de vuelta, se tumbó a mi lado y murmuró que yo, si me lo proponía, podía mamar como los ángeles mismos. Esperé a que apagara la lamparita de noche para devolverle el golpe: los ángeles, mi corazón, no hacían aquello, se lo metiera bien en la cabeza, lo de los angelitos era el arpa.

Ángela, por favor, escucha:

Ella es sólo una parienta, una parienta lejana de mi madre. No es extranjera, pero ha pasado mucho tiempo fuera de aquí. Sólo se quedará en casa unos meses (te lo prometo), el tiempo necesario para que termine su libro, porque está escribiendo un libro, un estudio sobre la sexualidad de los animales, se pasa el día viendo cómo lo hacen los alacranes, manoseando el pito de los perros, olfateando el culo de las yeguas. Ya ves que tus celos son infundados. Hace poco me contó la historia de una polilla de follaje que copula y muere sin ver mundo, el macho la fecunda cuando ella todavía es una oruga, la pervierte allí, en su tierna infancia, y la oruga después de desovar se muere toda, sin haber sacado alas siquiera, como quien dice, sin ni siquiera haber vivido. A menos que eso sea vivir, Ángela, cariño, ¿es esto vivir?

Abel

Hacia el amanecer comenzó a relampaguear. Vi la luz que fulguraba y decaía a través del ojo de buey y recordé que a esas mismas horas debíamos de estar entrando al puerto de Saint Thomas. Me vestí sin meter ruido y salí a cubierta. Charlotte Amalie ya estaba a la vista, brillaban los techitos rojos de todas sus casas y el mar estaba calmo y limpio como si con él no fuera la tormenta. Me acomodé en una tumbona y me puse a pensar en la gente que todavía dormitaba debajo de esos techos. Negros, sin duda, abrazados a sus negras perezosas, complacidas, encantadas de las magníficas dagas con que las obsequiaban. Me hubiera cambiado tranquilamente por una de ellas, hubiera estado más que satisfecha de permutar aquella helada tumbona norteamericana por el furioso abrigadero de un catre de las islas. Y arrebujarme en una manta de floripondios rojos, y escuchar, en la penumbra oliente a tantas cosas, la lejana garata de los truenos, y soñar que en ese mismo instante, enfilando por la boca de la bahía, avanzaba un barco repleto de pasajeros, y que a bordo dormían todos, con la excepción de una mujer que madrugó para mirar el mar, el brillo de la costa, los techos de las casas. Y desde el fondo de esa madriguera plácida, con la mejilla recostada en el regazo de un hombre de color, descubrir que no me cambiaría por ella ni por nadie, que no permutaría mis sábanas manchadas por su tumbona errante, que no desearía ser sino la que ya soy: una negra dichosa, aventajada, llena; una negrita iluminada por el trajín devastador de tantas noches sin miseria.

En eso estaba cuando empezó a lloviznar. Sentí alivio y sentí bastante frío, pero decidí quedarme en cubierta para seguir pensando. Por las mañanas me acordaba siempre de Agustín Conejo, y después de que Elena se casara, me acordaba a veces por las noches. Una cosa no debería tener que ver con la otra, pero de un tiempo a esta parte meditaba a menudo en lo que fue mi relación con aquel hombre, me la planteaba desde otra perspectiva, me hacía preguntas que ni siquiera tuve el valor de contestarme entonces. Marianito, el primo de papá, lo vio todo muy claro desde el principio: «Ustedes dos se entienden». Se lo negué, por supuesto, se lo estuve negando durante muchos meses, hasta que una madrugada lo sorprendió saliendo de mi habitación. Dejó pasar un par de días y luego vino a verme, a preguntarme si no estaba yendo demasiado lejos al meterlo en la casa de mi propio padre. No le contesté esa vez ni nunca, porque, en efecto, era ir muy lejos permitirle lo que le estaba permitiendo, no sólo que durmiera allí, bajo el mismo techo que nosotros, sino también lo otro, lo que me hacía en el hospital, una locura de la que nunca terminaré de arrepentirme.

Empezamos hablando de boleros, en una sola cosa se parecía a Fernando: tenía pasión por esa música. Entraba a la habitación trayendo la comida de papá —ése era su trabajo, repartir los alimentos a los enfermos—, me miraba de reojo y se ponía a cantar bajito. Era una voz un poco ronca, una de esas voces que se te meten por la oreja y se te quedan dando vueltas en la cabeza, pero jamás, que yo recuerde, se le ocurrió desafinar. Improvisaba de vez en cuando con la letra, eso lo hacía, acomodaba el estribillo como le daba la gana, se inventaba frases que incorporaba a la versión original, frases muy zafias, con su veneno dentro.

Al principio, Agustín Conejo llegó a inspirarme repugnancia. Lo sorprendía mirándome las piernas —Fernando dice que la mejor parte de mí son estas piernas— y entonces me colocaba en posición de provocarlo más, me abría un poquito, mínima cosa, cuestión de sugerirle que, hasta llegar arriba, le faltaba recorrer un trecho que ni con todos los boleros de su parte él iba a conquistar. En los hospitales el tiempo se convierte en una trampa, uno resbala dentro de ella y luego tiene la ilusión de que sale de vez en cuando. A comer, a darse un baño, a comprar una revista. Pero en verdad los días se trastocan y nunca es la hora que debiera ser, o que uno cree que es, o que uno quisiera que llegara a ser. El tiempo pasa despacito y cada cual lo llena como mejor puede, en mi caso, por ejemplo, me provocaba el asco imaginándolo desnudo, Agustín Conejo hecho un gorila, todo cubierto de pelos, tarareando veinte veces la misma vieja melodía («pasarán más de mil años, muchos más»), oliendo a pollo al horno, a sopa de pescado, a la papilla sosa que dan a los cardíacos. Oliendo, en suma, a los bochornosos condumios que repartía en el hospital. Para trabajar se ponía unos guantes verdes de goma y un gorro blanco, a veces traía una máscara y a veces no. Los días que venía con la máscara cantaba con otro sentimiento, era una voz más cálida, me devoraba con la vista, me calentaba entera, me doblegaba a mi pesar.

Una tarde apareció con la cena más temprano que de costumbre. Papá dormía y le advertí que no pensaba despertarlo. Entonces preguntó si no me apetecía tomar algo, aunque fuera un vaso de leche, uno solo, no fuera mala, mirara que estaba poniéndome flaquita. Le respondí que no era asunto suyo, pero accedí a que me dejara un jugo, me levanté a buscar un vaso y, cuando quise darme cuenta, lo tenía pegado a mis espaldas, todo fue rápido, me cortó el paso y me empujó hacia el baño, me iba lamiendo las orejas, me trituraba las costillas, amenazaba con romperme a la primera. Sentí de pronto que me ahogaba, hice un esfuerzo por aspirar un poco de aire y sólo fui capaz de recoger su aliento grueso y ácido, eso y la lengua, que me metió a la fuerza entre los dientes. Yo murmuré que no y que no, pero Agustín Conejo —en ese instante ni siquiera sabía que se llamaba así— siguió lamiéndome la cara, me abrió la blusa y me chupó los senos, y me obligó a ponerme de rodillas. Aún no se había quitado los guantes de goma y yo sólo atinaba a ver sus dedos verdes moviéndose frente a mis ojos, hundiéndose en mis labios, inutilizándome la lengua, todo para alardear de su coraje, para advertirme que por nada de este mundo se me ocurriera darle una mordida. Me sostuvo por el cabello y estuvo un rato frotando su sexo contra mi cara, ungiéndome la frente con su limazo bienhechor, goteando encima de mis párpados, hasta que yo, *motu proprio,* tuve el impulso de lamer, se lo atrapé conciliadora y lo besé despacio, se lo chupé amorosamente y lo dejé partir, lo capturé de nuevo y lo sentí bogar hasta el límite de mi garganta. Él reaccionó asustado, se apartó de golpe y me miró a los ojos. Entonces comprendió que ya no tenía nada que temer, al verme esa mirada, dijo luego, que era la puta mirada de una mujer que goza de corazón.

Así fue como dejamos de lado las canciones para vivir nuestro particular bolero. Él entraba a la habitación y se cercioraba de que papá estuviera bien dormido, entonces me hacía señas de que lo siguiera hasta el baño, y yo a duras penas podía reconocerme en esa mujer sumisa y florecida que se le iba detrás zafándose la falda. Un par de veces, mientras estábamos dentro, sentimos que llegaba la enfermera para cambiar el suero del enfermo. La primera vez nos asustamos mucho, Agustín Conejo se detuvo, puso el seguro a la puerta y reanudó su labor sin hacer ruido, sólo que aquel silencio era más peligroso, infinitamente más excitante que sus jadeos. Yo me inclinaba sobre el lavamanos y me dejaba penetrar muy suavemente, conteniendo la respiración, escuchando la voz chillona de la enfermera que saludaba y preguntaba por mí, la voz remota de mi padre que contestaba que estaría en el baño, la voz cercana, desgarradoramente cercana de Agustín Conejo que me anunciaba la debacle, que se anclaba para siempre en mi cerebro, que se desintegraba en mis oídos para renacer de nuevo en mi garganta, un solo grito, el mío y el suyo, un alarido común y silencioso con el que nos veníamos a la misma vez.

A la tercera fue la vencida, y la enfermera se dio cuenta de que algo raro sucedía en el baño. Yo había salido abotonándome la blusa y ella enseguida sospechó, se lo vi todo en la mirada. De momento no dijo nada —Agustín Conejo seguía escondido dentro—, pero, cuando terminó de acomodar potingues, dio media vuelta y sonrió, una sonrisa desigual, creo yo que algo rabiosa. De ahí en adelante empezamos a vernos en la casa de mi padre. Yo acostaba a la niña sobre las nueve y luego llamaba al hospital y escuchaba la triste perorata de Marianito. Después me daba un baño, me perfumaba con agua de violetas y me ponía a esperar a Agustín Conejo. Un día sí y otro no llamaba a Fernando, le contaba que papá seguía mejor y que en una o dos semanas regresaría a la casa. Él me pedía noticias de Elena y yo me las inventaba, porque a la niña sin querer le iba perdiendo el rastro, la dejaba en la guardería durante el día y, por las noches, cuando la traía a la casa, la pobre estaba tan exhausta que apenas me daba tiempo de darle de comer y meterla en la cama. Así durante meses, sólo sabía que Elena cabeceaba con la cuchara en la boca y exigía que la acostaran con su osito. Media hora después me sentía la madre más miserable del mundo, encerrada a cal y canto con Agustín Conejo, aferrada también a mi animal predilecto, un oso terco y vengativo que demasiadas veces me hacía morder el polvo. En una ocasión estuvimos casi un año sin vernos. Papá se había estabilizado y en todo ese tiempo no tuve ninguna excusa para salir de viaje. Cuando volvimos a encontrarnos, Agustín Conejo me recibió con emoción. Habían pasado nueve meses y veintisiete días, él los tenía contados, y yo, seguramente, me había olvidado ya de su sabor; la meaja de los hombres, me enterara de una vez por todas, tenía un sabor distinto en cada cual. El argumento me pareció bastante inverosímil, pero de todas formas le aseguré que no me había olvidado y que esta vez venía dispuesta a todo. Ni yo misma supe qué había querido decirle con aquello, pero Agustín lo interpretó a su modo, y me lo demostró esa misma noche.

En nueve meses y veintisiete días también habían cambiado muchas cosas en la casa de mi padre. Marianito estaba recibiendo visitas nocturnas, él mismo me lo había confesado mientras me ayudaba a deshacer la maleta. Me pidió que lo tratara de entender, que perdonara la confianza, pero que tantos años de soledad lo trastocaban todo... Guardamos silencio unos minutos y le contesté que, al fin y al cabo, yo no era quién para juzgar su vida. Entonces me tomó una mano, me la oprimió desesperadamente y sospeché que iba a decirme lo peor. Tenía veintidós años y manejaba una ambulancia por las noches, hizo una pausa. Se llamaba Gustavo y estudiaba enfermería por el día. Pero le decían Tavito, bajó los ojos, «para los amigos, Tavi».

Negra consentida

Cambiarse por una negra, dígame usted, fue lo único que le pude sacar. Había estado en cubierta desde las cinco de la mañana y lo había visto todo: la llegada a Charlotte Amalie, los relámpagos sobre la costa, la línea de palmeras desapareciendo detrás de la cortina de lluvia. Cuando regresó al camarote, a eso de las nueve, parecía un cadáver. Traía los cabellos mojados, pegados al cráneo como una viejecita, y tenía una expresión muy triste, una mirada que no le vi jamás, y menos a esas horas de la mañana. Le pregunté de dónde venía y sonrió con sarcasmo. En un barco no se podía venir de muchos sitios, ¿verdad que no? Guardé silencio, esperando que se animara a hablar, y, mientras tanto, me metí en el baño y me duché pensando en Julieta. Todavía me costaba creer que bajo esa dulce cabellera blanca anidaran pensamientos tan torcidos. Era un enigma esa mujer, porque, después de todo, también era algo tímida. Una mezcla de timidez y desparpajo, le apenaba que yo le viera el sexo, todo cubierto de canas, y sin embargo no se avergonzaba para nada de las porquerías que me soplaba al oído, nadie me había hablado nunca como ella, nadie con esas frases depredadoras y terribles.

Cuando salí del baño, me encontré a Celia en la misma postura en que la había dejado, chorreando agua, temblando de frío. Le coloqué una toalla sobre los hombros y le pregunté otra vez dónde había estado. Entonces me contó que al amanecer la despertaron los relámpagos y que subió a cubierta a ver venirse la tormenta. Desde allí divisó las casitas de colores de Charlotte Amalie y se entretuvo imaginándose a la gente que vivía dentro de ellas. Fue en ese momento, me fijara qué cosa tan rara, que le dieron ganas de convertirse en una negra.

Yo estaba desconcertado, pero disimulé como pude y le sugerí que se tomara un baño de agua tibia y se pusiera ropa seca. Me apetecía bajar a la ciudad, comprar una botella de algún oscuro ron alambicado y bebérmela mirando al mar. Me apetecía ver a Julieta. Celia no se animaba a meterse en el baño, así que la tomé por los brazos y la llevé poquito a poco, con una gran ternura, una paciencia inusitada en mí, era gracioso, a medida que avanzaba me iba acordando de un bolero que cantaba Juan Arvizu, «negra, negra de mi vida», y se lo susurraba al oído, «negra consentida, quién te quiere a ti». La dejé debajo de la ducha y me tendí en la cama. Me pregunté si acaso Julieta, allá en su camarote, no estaría deseando lo mismo: convertirse en una negra procaz, maquinadora, pervertida; una negra devoradora de ardientes negros insaciables. El día anterior había querido ser ella la única devorada, y apenas caímos en la cama se abrió de piernas, arqueó furiosamente el pubis y me pidió que la comiera allí, como me había comido aquel pescado crudo del restaurante chino. Le recordé que no era chino, sino japonés, y ella sonrió, se pellizcó un pezón y luego se metió el dedo en la boca, se lo chupó mirándome a los ojos, era lo mismo, ¿no?, todos tenían la piel amarillita y la misma vergüenza entre las piernas. Me dieron ganas de abofetearla, de retorcerla con estas manos; la lascivia, para que sea lascivia, debe tener un fondo de crueldad, eso lo supe en ese instante, viéndola agitarse bajo su propio dedo. Se me nubló la vista, mi único punto de referencia era el lunar, o lo que creía en ese entonces que era un lunar, y me arrojé hacia él, oyéndola incesantemente delirar, sintiéndola llamar a un chino, mejor que la clavaran dos, un par de esclavos orientales capaces de estoquearse dentro de ella, todo un ejército de venerables jodedores dispuestos a masticar su carne cruda, Julieta ensangrentada y relamida, un hilo de voz en la penumbra pidiendo que la gozaran más y más y más, pero mucho más.

Celia reapareció más animada, secándose el cabello, tosiendo levemente, le comenté que la humedad le había hecho daño y no me respondió. Empezó a maquillarse y a poco se detuvo, quedó abatida delante del espejo, acaso vio lo mismo que estaba viendo yo: en el ínfimo espacio de unas pocas horas le habían caído muchos años encima. Sacudió la cabeza y habló sin mirarme: ¿sabía de quién se había acordado esa mañana? Dije que no, cómo podía saberlo. Levantó la vista y me buscó a través del espejo: de Marianito, ¿me acordaba de él? Le dije la verdad: en mi vida lo había visto, y ella insistió, le parecía que sí, que me lo había presentado en el velorio de su padre. Un hilo de rabia me desbordó la comisura: no estuve en el velorio de su padre porque estaba en cama, que se acordara que fue el día en que eché la piedra del riñón. Guardó silencio y volvió desalentada a sus potingues. Mientras más tiempo pasaba en alta mar, más me convencía de que Bermúdez, el viejo Bermúdez, era un auténtico sabio. Las mujeres en los barcos se desbocaban, y la mía, además de desbocarse, atravesaba por un mal momento; toda nostalgia tiene su lugar, y en los furores nocturnos de estos días, el recuerdo de Marianito había aflorado intacto, el indecente primo redivivo se nos colaba por la escotilla de babor. Traté de retomar el pensamiento de Julieta, pero no pude apartar de mi cabeza la imagen de Celia desafiando la tormenta, queriendo ser una potranca negra en los retintos brazos de su Mariano seductor, negro también, amestizado ya en la lejanía. Sólo por él se había largado de la cama con las primeras luces; por él había dejado que la lluvia la calara hasta ponerse enferma; por el recuerdo de su verga a flote, su prieta verga que no envidiaba a la de nadie, había perdido la alegría de este viaje que a lo mejor habría de ser el último.

En Charlotte Amalie brillaba el sol. De la tormenta del amanecer ya no quedaban ni los charcos y un viento espeso, con olor a caldo de pescado, recorría de arriba abajo la ciudad. A todo lo largo de Main Street se agolpaba un enjambre de turistas que entraba y salía de las tiendas de licores, y en dos o tres ocasiones me pareció divisar el rostro angélico de Julieta, un mascarón de proa que se alzaba un instante, un minuto de nada, y enseguida desaparecía en la multitud. Nos detuvimos a tomar unas cervezas, Celia transpiraba en exceso, le corría el sudor por la frente y tenía la ropa pegada a la piel. Bebió el primer sorbo y sonrió sin limpiarse la espuma de los labios, había sido una sonrisa vidriosa, lejana, un poco ridícula: «Hay una cosa que nunca te conté». Sentí pavor de que siguiera adelante, no era el momento ni el lugar para esas confesiones, no en ese día, en pleno corazón de Saint Thomas, a punto de tropezarnos ambos con Julieta. Ni siquiera sabía cómo tenía que reaccionar, qué le debía decir, cómo seguir viajando a su lado, dentro del mismo camarote, después de que me admitiera lo que sin duda iba a admitir. «Marianito», me dijo, «¿supiste que era maricón?»

No sé si he dicho que la luz, en esta parte del Caribe, tiene una consistencia diferente a las demás. Le entra a la gente por los poros y luego se proyecta de adentro para fuera, sólo así podría explicarlo, es como un foco interior que lo delata todo, que lo descubre todo. A través de esa luz estaba viendo a Celia, los ojos fijos en mis propios ojos, la boca tensa y mal pintada. «Se enamoró del chófer de una ambulancia», prosiguió, «llevan catorce años viviendo juntos, el otro ya no es chófer, sino enfermero.» Yo también estaba transpirando. Me había mareado y, al incorporarme para pedir la cuenta, sentí una punzada en el centro del pecho. Mal asunto ése, desde hace muchos años abrigo una pequeña y mísera obsesión: no quisiera morirme de un infarto, preferiría morir de cualquier otra cosa, cáncer del páncreas, tumor cerebral, hernia en el esófago. Pero no de la maldita punzada, la muerte súbita me aterroriza. Celia preguntó si me pasaba algo, me notaba tan pálido, mejor que me tomara un vaso de agua. Ella también estaba pálida, éramos como dos ancianos aturdidos y desamparados, propensos a morir en cualquier calle de Charlotte Amalie, un lugar extraño y loco para estirar la pata.

Cuando me siento mal, mal de verdad, suelo ser dócil, así que me tomé el vaso de agua y poco a poco fui mejorando. Ahora sólo me quedaba el miedo a que se repitiera el malestar, a que no me diera tiempo siquiera para llamar al médico de a bordo, a que me sofocara un burujón de sangre, lo peor del infarto es que uno muere ahogado por la propia sangre. Durante varios días me rondaría la pesadilla, y sólo Julieta, su aborrachado sexo abierto en mi nariz como una mariposa, sus imponentes tetas como dos grandes flanes desparramándose bajo la palma de mi mano, sería capaz de rescatarme.

Celia se empeñó en ir a la playa, estaba muy nerviosa y sospeché que de un momento a otro volvería a hablar de Marianito. Pero no lo hizo. Por el contrario, se metió en el agua y estuvo dando brazadas a lo loco, igual que un perro llevado por la fuerza, algo en verdad patético. En una que vino a untarse de bronceador me preguntó si alguna vez me había acostado con una negra. Le respondí que no, pero que a lo mejor me habría gustado. Y ya que estábamos en plan de confesiones, no le iba a preguntar si ella se había acostado con un negro, que ya sabía que no, quería saber, simplemente, si todavía le gustaría acostarse. Me miró pasmada: «¿Con quién?». De quién estábamos hablando, de los negros, ¿no? Se apartó el pelo de la cara y me miró de frente: «Quién sabe... Por ahí dicen que las tienen así de grandes». Se fue de nuevo al agua y yo pensé en Julieta, siempre Julieta, apostaba a que ella sí se había acostado con un hombre de color, tal vez con varios, con todos a la misma vez, me acordaba de que era una viciosa, apenas ayer por la mañana fantaseaba con la presencia de dos perversos muchachitos orientales, dos jóvenes de refinada y típica crueldad, ojitos malignos, dedos macabros, ella ofreciéndoles el *sushi* de su carne, un lánguido molusco sospechoso que se anegaba en la fortuna de su propio jugo.

Esa misma tarde, antes de zarpar rumbo a la isla de Antigua, el capitán anunció que a partir de las diez tendríamos baile. Una orquesta especialmente contratada por él en Charlotte Amalie nos estaría deleitando con su esmerado repertorio de boleros. Boleros, sí señor, para bailar en un solo ladrillo, para brillar hebilla, para poderte demostrar que más no puedo amar. Boleros para cortarnos las venas y para hacernos polvo, y para todas esas cosas salvajes y calientes para las que servían los boleros.

Ángela de mis entretelas:

Gracias por el disco y su dedicatoria («un bolero... y si encuentras algún beso es para ti»), que han sido, una vez más, lo mejor que me ha ocurrido en muchos días. Por supuesto que encontré algún beso, algunos más bien, y con ellos estuve fantaseando durante toda la noche. Me imagino que te sonarían los oídos, porque por allí precisamente comenzó la expedición, una caravana laboriosa y dedicada que no dejó un solo milímetro de piel sin su castigo. Al final, después de muchas, muchas horas, cuando subía besándote la espalda, prendieron las luces de mi habitación y me trajeron un desayuno frío que ni siquiera toqué. Al fin y al cabo, ya me había bebido hasta la última gota de todo lo que quería beber.

Besos vagabundos, besos de fuego,

Abel

Amor, qué malo eres

Dispuesta a todo, para él, tenía otro significado. Algo más inmediato, infinitamente más concreto. Agustín Conejo era incapaz de complicarse el alma con interpretaciones que al fin y al cabo no le iban a cuadrar. Si yo había dicho que venía dispuesta a todo, tenía que demostrárselo.

Me invitó a almorzar a un restaurante de comida rápida, tacos de carne y nachos con queso derretido. Cerveza para él y Coca-Cola para mí. Acababa de salir del hospital y traía ese olor pegado a la piel, el tufo de la sopa baja en sal revuelto con el de las sobras del pescado, un perfumito repugnante. Además, me miraba de una forma rara, como si recién me hubiera descubierto.

Esperó pacientemente a que yo terminara de comer, me acarició una mano y empezó a hablarme bajito: había dos cosas, dos cosas en la vida que nadie nunca le había hecho. Pensé que era un preámbulo muy grave, empiné el vaso y, como ya no me quedaba Coca-Cola, sorbí un hielito y lo trituré con los dientes, hice un ruido de lo más ordinario. Agustín Conejo tomó una gran bocanada de aire: esas dos cosas, susurró, eran cosas de la cama, cosas de nuestra entera intimidad que ni él ni yo después podríamos olvidar.

Volví a empinar el vaso, ya no quedaba hielo ni nada. Pasé revista a todo lo que habíamos hecho: los revolcones en el hospital, las violentas trasnochadas en la casa de mi padre, los polvos sueltos que echábamos a la menor provocación, con la más mínima excusa, casi en cualquier esquina. Lo habíamos hecho todo, ¿qué más quedaba por hacer? Se me ocurrió que a lo mejor tenía que ver con otra, mi imaginación se desbordó, tal vez quería gozar de dos mujeres al mismo tiempo, las dos babeándonos frente a su falo humeante, lamiéndonos mutuamente los pezones, chupándonos a su salud. Agustín Conejo disipó inmediatamente aquella duda. Lo que íbamos a hacer, lo que fuera, sería un secreto entre los dos, únicamente de él y mío, un pacto que debíamos sellar con sangre.

Aquella noche, llegó con un envoltorio de papel periódico que colocó ceremoniosamente entre mis manos. Tuve la loca idea de que se trataba de un *sandwich,* acaso alguna fruta hurtada en la cocina del hospital. Fue una idea además muy cándida, porque al desenvolverlo lo que apareció fue una robusta y bien abastecida méntula, una reproducción tan exquisita, tan llena de detalles y venitas, que parecía como acabada de rebanar en una riña callejera.

Cuando por fin salí de mi sorpresa, busqué los ojos de Agustín Conejo y le dediqué un cumplido: si algo no necesitaba yo, teniéndolo a él tan cerca, era esa horrible bicha de papel maché. Él se sentó a la orilla de la cama y evitó mirarme, pero sacó valor para aclarar el punto: «No la he traído para ti». Acto seguido me haló por una mano, me derribó en la cama y me levantó la falda, pegó su rostro contra el mío y murmuró que de ésta no salía con vida. Yo apreté las piernas, me quedé absolutamente trinca y, cuando lo sentí aquietarse, le hablé muy bajito, en un tono cálido y condescendiente, como si le hablara a un niño: había dos cosas que nunca le habían hecho, ¿no era así?, y que quería que yo le hiciera aquella misma noche; una de ellas tenía que ver con el facsímil razonable que había traído envuelto en el papel periódico, ¿iba bien?, pero la otra, aún no me había dicho cuál era la otra... Agustín Conejo se echó a reír, había recuperado su habitual aplomo, ese perenne estado de descaro con el que matizaba cada gesto, cada vulgar palabra. La otra cosa, me dijo, era un poquito más sencilla. Me tomó por las muñecas y me levantó los brazos, me clavó las rodillas en la piel de los muslos, sentí dolor y sentí que me faltaba el aire. Un trabajito fácil, agregó, una simple mamada, que lo escuchara bien, u-na-ma-ma-da. Abrí los ojos y volteé la cabeza, huyéndole a ese aliento suyo, un chorro de vapor que me escaldaba los párpados. «De ésas», le dije, «te he dado ya bastantes.» Volvió a reírse, me trastornaba completamente su risa: «Donde yo la quiero, tú no me has dado ninguna».

Quedaba todo dicho, quedaba todo por decir. Agustín Conejo estaba frenético, iba yo a ver lo que era un hombre con la leche revuelta, iba a saber lo que era un perro callejero con ganas de reventar su propia perra. Al oír aquello, tuve un segundo de vacilación, un momentáneo fogonazo de terror, una sospecha. Pero volví a cerrar los ojos, «soy toda tuya», le dije, y aflojé las piernas, y le facilité las cosas, y obedecí sin rechistar. Suya por amor, sin condición ni tiempo.

Amorcito corazón:

Existe una islita en el Caribe, una islita minúscula con un sublime nombre contagioso, es la Marie Galante. Ángela, divina Astarté, contesta pronto: ¿quieres escapar conmigo?

Abel

Antigua era un lugar extraño que cada cual interpretó a su modo. Al principio, Fernando sospechó que se trataba de una islita de plástico, porque en el mapa que nos dieron en el barco destacaban la localización de un Kentucky Fried Chicken, y él sacaba sus conclusiones así, un poco a la ligera. Pero Antigua ni era de plástico ni de ningún material que se le pareciera. Era de arcilla caliente, de vapores soñolientos, de una placidez cercana, muy cercana a la degradación. Los negros se tumbaban a la sombra para vender fritura y cocos de agua, las negras se abanicaban densamente, azorradas y quietas, los pechos casi al descubierto y los muslos chorreando de sudor. En Saint John's, la capital, los albañalcs corrían al dcscubierto y los niños jugaban a colocar banderitas en los mojones más largos, más gruesos, más evidentemente navegables. Todos hablaban con desgana, todos se cocinaban sin recato en ese caldo lánguido y definitivo.

Julieta, que nos acompañaba en el paseo, se apoyaba del brazo de Fernando, porque el calor, según ella, le provocaba vértigo. Desde la noche anterior —les permití bailar un par de piezas—, la había notado muy apegada a mi marido. No quiero decir que Fernando alentara todo esto, al menos no en mi presencia, pero era tan obvio que ella estaba falta de varón, la vi tan determinada a cometer cualquier locura, que antes de que terminara el baile tuve que inventarme una jaqueca y arrastrar a Fernando al camarote. Él me siguió a regañadientes, la música estaba en su apogeo, aquella orquesta no había tocado nada que no fueran boleros y en el salón flotaba un aire de nostalgia, como si le estuviéramos diciendo adiós a algo, no sabíamos bien a qué.

En el fondo, a mí también me habría gustado quedarme. A estas alturas de mi vida, con una hija recién casada, un matrimonio deshecho que duraría ya para siempre, y la cabeza totalmente vacía de proyectos, debía reconocer que toda mi existencia había girado en torno al bolero, no a uno en particular, sino a muchos, decenas de ellos; y los hombres que más me habían querido, los dos únicos hombres con quienes me había acostado, tenían una afición casi enfermiza por aquella música. Parecía casualidad, pero no lo era. Fue preciso que viniera a este crucero y que contrataran a esta orquesta en Charlotte Amalie para que me diera cuenta de todo eso, de que la gente viene al mundo predestinada a sostenerse en cosas intangibles, en olores que recurren, en un color que siempre vuelve, en una música, como es mi caso, que aparece y desaparece en los momentos culminantes, unas melodías que mentalmente van y vienen para avisar que terminó una etapa y va a empezar la otra. Fernando hablaba de una filosofía del bolero, una manera de ver el mundo, de sufrir con cierta elegancia, de renunciar con esta dignidad; Agustín Conejo no lo podía expresar de esta manera, pero en sus palabras me decía más o menos lo mismo. El bolero lo ayudaba a pensar, lo animaba a decidirse, lo obligaba a ser quien era. Hubo una época en que a mí también me ayudó a pensar, me refiero a esa época en que uno reflexiona sobre su propio cuerpo y trata de verse por dentro y por fuera, trata de averiguar cómo le están viendo a uno los demás. Yo era muy joven y ya andaba de novia de Fernando, que venía a visitarme por las noches y me traía bombones. Cuando él se iba, corría a mi cuarto para poner el disco de Gatica (Lucho siempre fue mi predilecto), me desnudaba en la oscuridad y me tumbaba en la cama. Entonces comenzaba a tocarme. No era exactamente que me masturbara, no era así, tan burdo, la expresión exacta era «reconocerme», me tanteaba las sienes, me acariciaba las mejillas y me buscaba los pómulos, el hueso de la quijada, los anillos de la tráquea. De ahí en adelante, el camino se bifurcaba: colocaba el índice de mi mano izquierda sobre la punta de mi pezón derecho y viceversa, la voz de Gatica era como un mugido armónico ordenándole al reloj que no marcara las horas, proclamando que su playa estaba vestida de amargura, rogándome, sí, rogándome que le regalara esa noche y le retrasara la muerte... Yo ponía una mano encima de la otra y con las dos me oprimía el sexo, empujaba hacia abajo, como si tratara de vaciarlo, todo a su tiempo, todo en su ritmo natural que era naturalmente el ritmo del bolero. Gatica cantaba con la boca llena, cariño como el nuestro era un castigo, y yo me castigaba, me pellizcaba los labios —los de abajo—, me arañaba los muslos, gemía su nombre, Lucho, Luchito, Luchote, él estaba en la gloria de mi intimidad, en lo más íntimo, lo más salvaje, olvidando decir que me amaba, ¿me amaba?, quien no amara no dijera nunca que vivió jamás.

Antigua era un lugar extraño, creo que ya lo dije, pero no expliqué en qué consistía esa extrañeza. Supongo que en su atmósfera, la certeza de que todos tenían alguna cosa que ocultar, la idea de que debajo de ese bochorno endemoniado había otro mundo, no sé, una marisma ponzoñosa que engañaba al ojo, pero no al espíritu. En consecuencia, Fernando se volvió a sentir enfermo, le ocurrió algo parecido a lo que le había pasado en el restaurante japonés de Puerto Rico, se puso de repente pálido y enseguida rojo, y luego pálido otra vez, todo el proceso acompañado de vahídos. Le sugerí que se sentara a la sombra y descansara un rato y él se negó, tan sólo atinaba a murmurar que no en balde el almirante Nelson había descrito aquella isla como un hoyo infernal, un pozo de indolencia, un agujero al rojo vivo donde se le cocinaba el hígado a cualquiera. Supuse que no era para tanto, que exageraba el almirante Nelson, o que lo estaba exagerando mi marido, y en eso Julieta interrumpió para inquirir, con voz de pito, quién era aquel mentado Nelson. Fernando, todo dulzura, respondió que «uno que estuvo por allí», y pensé que, para ser arpista, esta mujer era muy ignorante, lo que sin duda abonaba mi teoría de que posiblemente había venido al crucero para decirnos —y decirse— un gran puñado de mentiras.

Por la calle principal volvimos rumbo al muelle. La nave estaba anclada mar afuera, no había calado suficiente en este puerto para un buque tan grande, de modo que una lancha se encargaba de llevarnos y traernos. Fernando arrastraba los pies y Julieta ya no se apoyaba en su brazo, sino en el mío. Aproveché para mirarle las uñas, tan crecidas y pintadas, era imposible que tocara el arpa. Lo del callo del muslo también debía de ser un cuento, a los arpistas no les salían callos en ninguna parte, había sido una treta para provocar a mi marido. En ese instante, cuando ya estábamos a un paso del embarcadero, se nos cruzó un grupo de hombres que iban tirando de una vaca. Nos detuvimos a mirarlos y vimos que amarraban al animal a un flamboyán y se apartaban para hablar. Uno de ellos sacó un cuchillo y Julieta me abrazó espantada: «Van a pelear». Pero no hubo pelea, sino una escaramuza incomprensible, el hombre del cuchillo gesticuló en el aire, volvió donde la vaca y le asestó un tajo profundo en la garganta; cuando se disparó el chorro de sangre, pegó los labios para poder beberla. Era una visión del otro mundo: se contorsionaba de placer, metiendo y sacando la pelvis, haciendo un ruido excesivo con la boca, esos sonidos mágicos de la succión, mientras que alrededor el resto de los negros aguardaba su turno con los ojos brillantes. Ahí estaban de nuevo, la muerte y la pasión más bruta, las dos cosas que más me calentaban en la vida. Y otra vez me calenté, apreté los muslos y tuve el impulso demoníaco de acercarme al grupo para chupar también, para dejarme manosear y desollar al mismo tiempo. Fernando estaba lívido, se secaba el sudor con un pañuelo que se podía exprimir, y resoplaba esas palabras que salían envueltas como en un chorro de vapor: «Un matadero..., esos salvajes están improvisando un matadero». A la vaca se le habían doblado las patas delanteras y tenía la cabeza ladeada, era un espectáculo morboso, un espejismo de horror en la canícula. Cuando se derrumbó del todo, el mismo hombre que la había acuchillado se subió a lomos de sus despojos y simuló cabalgarlos. «La van a violar», gimió Julieta, «igual que los pescadores de Mombasa.» Fernando la miró, me miró y se sonrojó. Una referencia tan remota —y sobre todo tan concreta— sólo podía provenir de la *National Geographic,* la revista que él devoraba, memorizaba y encuadernaba cada mes. Las costumbres amatorias de esos hombres, desesperados por tantos días de soledad en la mar, formaban parte de la colección de atrocidades que mi marido relataba cuando estábamos en la cama: los pescadores subían a bordo los cuerpos moribundos de los dugongos, unas vacas marinas con pechos de matrona, y fornicaban con ellos hasta que las pobres bestias dejaban de existir. Era un sencillo coito anal —precisaba Fernando, acariciándome las nalgas— con el raro aliciente de que el animal, durante el acto, lanzaba unos grititos angustiosos que parecían sollozos de mujer. El hecho de que Julieta conociera aquella anécdota me sugería el grado de intimidad que habían tenido sus conversaciones con Fernando. La historia de los pescadores de Mombasa no se la contaría así como así a cualquiera.

Me deprimió volver al barco. Fernando, después de muchos días, hizo una fugaz mención de Elena, no sé por qué motivo, y a mí me recordó el regreso a casa, me dolía admitirlo, pero no tenía ninguna gana de regresar. Era curioso, empezaba a asfixiarme aquel crucero, pero la alternativa que debía alegrarme, el reencuentro con mi hija, con mis cosas, con mi vida de siempre, no me entusiasmaba para nada. Sé que eso les sucede a las personas cuando están a punto de terminar las vacaciones, a uno le da ese desaliento, a nadie le gusta volver a la rutina. Pero este viaje, en primer lugar, no estaba a punto de terminar en absoluto, al contrario, estaba apenas comenzando, y a mí, en vez de desaliento, lo que me estaba entrando era pavor, un auténtico y vulgar ataque de pavor. Me desconocía y se lo dije a Fernando, este crucero me estaba cambiando. Él respondió que no era el crucero, sino esa isla —y señaló despectivamente hacia la costa—, esa islita de Antigua, o «Antiga», como decían los nativos, que nos había trastornado a los tres. Dijo a los tres y se mordió la lengua, y enseguida trató de repararlo: «Julieta también se ve cansada». Hicimos un silencio largo y tempestuoso. Era un crepúsculo muy triste, frente a nosotros se apagaban las brasas de una tarde en la que habían ardido muchas suspicacias, y yo pensé en los hombres de la vaca y sentí ganas de llorar, nadie más iba ya a acordarse de ellos, nadie en el mundo, fuera de Antigua, iba a dedicarles un solo minuto de su tiempo. Eran míos, como mío era el cadáver entripado del animal que habían sacrificado, grandes postas sangrientas que los primeros compradores palpaban, olfateaban, pesaban a ojo. «Esa isla es una pocilga», murmuró Fernando y no lo quise contradecir.

Cuando volví a mirar al horizonte, vi que Antigua había desaparecido. Tan sólo alcancé a ver los grumos de la costa que se mezclaban dulcemente con los grumos infinitos de la noche.

Mujer, mujer divina:

Ayer, cuando volví de tu casa, me senté en la oscuridad para pensar en todo lo que habíamos hecho. Eso lo hago a menudo, revivo cada instante con una exactitud que me da vértigo, pongo un disco, siempre pongo un disco para pensar en ti, y además me sirvo una copa. Por lo general, traigo tu olor metido entre los dedos, por lo tanto me los huelo despacito, sobre todo ayer, olían intensamente a ti, me había mojado totalmente en ti. La extranjera entró a buscar un libro y de momento no me vio, hice un ruido deliberado con la copa, ella se dio la vuelta y preguntó si me encontraba mal, dije que sí, estaba mal, muy mal, ¿en qué lo había notado?, ella se echó a reír, era la primera vez que la veía contenta, había llegado carta de Alemania, dijo, era una carta que traía una información muy importante, las notas de un congreso que acababa de celebrarse en Kiel, allí por fin se había sabido, después de tanta absurda conjetura, la forma exacta en la que copulaban los erizos... Como comprenderás, me quedé de piedra, no supe qué decir, no se me ocurrió ninguna frase inteligente, tan sólo esa pregunta idiota: «¿Erizos de mar o de tierra?». Ella me miró con cierta altivez, «hablo de los mamíferos, por supuesto». A continuación, pasó a contarme los detalles —los muy ladinos, incluso, suelen tocar solos de flauta, o sea, que los erizos se masturban—, ya era noche cerrada, apenas le veía la cara y por detrás de sus palabras se colaba la voz acongojada de María Luisa Landín, cuando un amor se va, qué desesperación, desesperados los erizos por acoplarse a solas, desesperados por fundir espina con espina, no hay que saber perder, no hay que perderse nada en esta vida. Beso tus largas y deliciosas púas,

Abel

Me juró que nunca ninguno de los dos se iba a olvidar de aquello, le repetí que ni aun así lo haría, que me daba asco, que jamás había hecho nada parecido ni siquiera con Fernando, y él insistió, que lo dejara en sus manos, que me iba a quitar aquel escrúpulo, que no fuera mala (era su frase predilecta), ya vería que iba a gustarme, que en el momento de la verdad tan sólo iba a pensar en lo que estaba gozando él y en lo que estaba gozando yo, que en última instancia la decisión iba a ser mía, que no quería obligarme a nada, que, cuando yo sintiera que de verdad estaba perdiendo la vergüenza (porque esa noche iba a perder yo la vergüenza), se lo dijera bajito, le susurrara simplemente que estaba lista y todo lo que yo quisiera que pasara iba a pasar... Todo lo que yo quería que pasara, le dije, era que se olvidara de ese vicio, que no me sometiera a aquella humillación, no soportaba la idea de tener que colocar mi cara allí, de tener que restregar mis putos labios en la velluda boca de esa hendedura grande, negra, varonil, y él dijo «¿Ves?, nada más pensarlo te dan ganas», y yo le dije no, tal vez curiosidad, qué clase de mujer había que ser para poder hacer aquello, qué clase de lengua renegada y sucia se necesitaba para poder hundirla allí, lamer, punzar, pasarla de un extremo al otro, hacer un alto en los testículos (no dejar de castigarlos, de chupetearlos suavecito), volver atrás, a la misión de origen, bucear en busca de esa mala semilla, ese sórdido agujero palpitante en el que se agolpaban, por ahora, todos los deseos, «¿ves que te está gustando?», veía que me estaba muriendo, que estiraba la lengua y no llegaba, que la disparaba con todas mis fuerzas y me quedaba a medias, que la agitaba locamente y sólo conseguía que me doliera, así sin darme tregua hasta que en una de ésas lograba penetrar, y adentro era caliente y blando, una cuevita angosta que se cerraba a la caricia, nada que repugnara demasiado, mucho más fácil de lo que nunca imaginé, podía pasar que incluso me acostumbrara a hacerlo (él iba a acostumbrarme a todas esas cosas), sé que se alcanza un punto en la pasión en el que los sentidos se trastocan, no le pasa a todo el mundo ni pasa con cualquiera, pero uno se puede aficionar a eso, es como un estado de gracia, un éxtasis, una jodida droga, se descubre entonces que se es capaz de olfatear con la mirada, que se pueden saborear las cosas con sólo rozarlas con la punta de los dedos, y lo que es más importante, se descubre que es posible ver y oír a través de la lengua, un periscopio a la inversa que baja y ve ríos de sangre, ríos de leche, ríos de miedo y lodo, un topo de guerra que manda aviso de que el enemigo ya no aguanta, de que es momento de rematar aquel ataque y de tomar venganza con las propias manos, haciendo uso del animal que aguarda en el papel de periódico, una réplica tan exquisita, tan llena de venitas y detalles que parece real, una méntula gloriosa que se acerca, por la primera vez, a esa hendedura grande, negra, varonil, al entregado culo de Agustín Conejo, un hombre de palabra que ni siquiera aquí se arredra, no se arrepiente, no retrocede cuando le digo que esto es sólo el principio, no se agita, no me ordena que no siga, porque voy a seguir, aguanta firme como un macho, un macho en toda la extensión de la palabra, ese otro bolero, esa canción que mentalmente vuelve para avisarme que hasta aquí llegamos, Agustín Conejo ha sido honrosamente deshonrado, le informo que ya está toda adentro y lo oigo suspirar, le pregunto si le gusta y me contesta que no sabe, le digo entonces que lo quiero y desde el fondo desgarrado de su garganta, ensartado y viril, furioso y trinco como está en ese momento, me grita que por ahí viene lo suyo, que se está viniendo, amor, y que si no soy mala, si me lo bebo todo, si me la trago entera, entonces sí, entonces él también me va a querer.

Nosotros

—Atiéndeme...

La tomé por la barbilla, le levanté el rostro y la obligué a que me mirara. Ni siquiera quería mirarme.

—Es canela, ¿ves?, ramitas de canela.

Julieta me pegó un manotazo y se levantó de un salto. ¿En qué clase de degenerado me estaba convirtiendo? Que me mirara la cabeza, me mirara el pecho, me mirara los pelos allá abajo, por todas partes tenía canas, que me enterara de una vez por todas: ya era un viejo, un-vi-e-jo, un hombre serio, un contable, casi un abuelo, ¿cómo era posible que me atreviera a despertarla para pedirle aquello?

—También vine a decirte algo.

Me recibió con los cabellos revueltos y una bata vaporosa, no estoy seguro del color, azul o amarillo pálido, lo cierto es que en la semipenumbra del camarote me pareció entrever que no llevaba nada debajo. Le acaricié las corvas y fui subiendo poco a poco hasta que le alcancé las nalgas, heladas y desnudas, era verdad, no se había puesto nada.

—El hombre que se murió esta mañana —le dije,

aventurando un dedo— era más joven que nosotros.

Estaba líquido allá dentro, seguramente se había estado masturbando antes de que yo llegara. Agité el dedo y luego le acaricié el pubis, caliente y baboso. Ella se encogió de hombros, tal vez se estremeciera, y se apartó para prender un cigarrillo

—Cuarenta y seis —añadí—, más joven que tú.

Las mujeres, para estas cosas, suelen tener mejor aguante, se desentienden de la muerte con una rapidez que a mí me hiela el alma. Echó un par de bocanadas y se volvió a sentar a mi lado.

—Fatalidad —suspiró—, eso no quiere decir que nos tengamos que amargar el viaje.

Yo, por el contrario, sólo concebía una forma de desentenderme del dolor de pecho, de todo lo que oliera a muerte, de todo lo que me sonara a infarto, infarto masivo de miocardio, esa mala palabra. Y por ahora, la única forma era queriéndome mucho con Julieta, amándonos a lo bestia, comiéndonos el uno al otro como si ya no nos quedara nada por salvar.

—La gente abusa de su cuerpo —prosiguió ella—. En los barcos no hacen más que comer. Además, fornican como locos, todos esos viejos, ¿te has fijado que amanecen morados de chupones?

Me había fijado, sí, pero poco me importaba ahora. Desde que aquel hombre se desplomó en cubierta, cuando estábamos a punto de desembarcar en Pointe-à-Pitre, a mí también me llegó el pálpito de que en cualquier momento me iba a desplomar. Celia, que se había unido al grupo de curiosos para ver el rostro del cadáver, regresó frustrada de no haber visto nada —lo habían cubierto con una toalla de playa—, diciendo que aquello era lo malo de viajar con gente tan mayor, siempre había alguno que enfermaba de repente, o que sencillamente no hacía el cuento. Luego averiguamos que se trataba de un hombre más joven que nosotros, un ingeniero fornido y bronceado, un tipo atlético que no contaba con morirse en estas aguas, y mucho menos con que lo embalsamaran en una hedionda funeraria de las islas.

Con esa nota aciaga bajamos a la Guadalupe. A Celia la veía muy nerviosa, le sudaba la cara y de vez en cuando sacaba la punta de la lengua para sorber las gotitas de sudor. Era un comportamiento desigual, por un lado estaba retraída, evitaba hablarnos a mí y a Julieta, y por el otro la encontraba tan provocativa, los pechos casi al descubierto, la falda enrollada a la cintura para mostrar al máximo las piernas, adoptando ese gesto descarado que yo le conocía bastante bien. Me pareció patético que se exhibiera así a sus años, se veía precisamente eso, patética. Pero al mismo tiempo, y ahí estaba la contradicción, la hallaba muy putona, muy pagada de sus carnes, muy deseable. Caminábamos por las callecitas angostas de Pointe-à-Pitre y ella, distraídamente, se pellizcaba un pezón, se acariciaba el vientre, apretaba los muslos, síntoma inconfundible de que estaba pidiendo leña. Julieta, por su parte, se aprovechaba del gentío para pegarse a mi cuerpo, se colocaba delante de mí, se inclinaba con cualquier excusa y frotaba las nalgas contra mi vientre, algo casi imperceptible, algo absolutamente delirante. Yo, a mi vez, la empujaba con disimulo, procuraba que sintiera su castigo, la descocaba a medias con la sólida cabeza del animal que estaba despertando. Así llegamos al mercado, empezamos a deambular entre los tenderetes y entonces fue cuando vi la canela. La vi y la olí. Grandes mazos de canela en rama que vendían por todas partes revueltos con las bolsitas de nuez moscada, una combinación brutal, una mezcla capaz de liquidarme el seso. Celia me tomó de un brazo y me avisó de que se iba. De momento, tuve el temor de que se hubiera dado cuenta de mis avances con Julieta, pero me sonrió con la sonrisa de siempre: estaba loca por meterse al agua. Ella era así, de vez en cuando le entraba la obsesión del mar, sobre todo teniéndolo tan cerca. Y en Pointe-à-Pitre tenía que haber un pedazo de playa, una poca de arena, una pocita clara donde poder refrescarse... En otro momento de nuestras vidas la hubiera acompañado o, al menos, no la habría dejado ir. Pero el olor acre de las negras al sol, la espalda húmeda de Julieta, el recuerdo del hombre muerto —en algún recoveco del destino me aguardaba a mí también el sopetazo—, todo esto me trastornó, me provocó una especie de angustia, una súbita necesidad de escapar, de pulular un poco a la deriva. Me despedí de Celia y le advertí que nos veríamos en el barco. A Julieta la había perdido de vista y aproveché para parar en uno de los puestos y abastecerme de canela. Canela y nuez moscada, ignoraba para qué me serviría la nuez moscada. Seguí avanzando y me detuve junto a un canasto de tamarindos, la vendedora me gritó el precio, sólo tomé un puñado y lo pagué con creces, partí una de las vainas y empecé a preocuparme por Julieta, qué tal si se había ido, qué tal si me dejaba aquí, abandonado en esta tierra cochambrosa, tirado en medio del calor, rijoso y pálido, seguramente me estaba poniendo pálido. Caminé varios minutos que se me hicieron siglos, calmaba la ansiedad chupando tamarindos, y sobre todo la buscaba, trataba de localizar su cabellera blanca, era una suerte que fuera tan canosa, la hallaría muy pronto, no debía precipitarme, no había podido ir lejos. Llegué a un extremo del mercado y, al levantar los ojos, la divisé comprando baratijas. Corrí volcando cestos, atropellando negros, recibiendo insultos. Ella me miró de reojo. «Celia se fue», le dije. Se había comprado unos aretes y yo insistí en regalarle un collar, era de caracoles y ella al principio se negó, dijo que le traería mala suerte. «Éste no», le susurré al oído, «éste te la traerá muy buena.» En lo que la negra nos cobraba, aproveché para besarla, metí la mano por debajo de la blusa y le estrujé las tetas. Olía intensamente a sudor, todo el mundo en la Guadalupe huele a sudor, pero no al sudor común de los sudados, es otra cosa, es puro almizcle, es como un reclamo, algo que te idiotiza y te revuelve el estómago, algo que inexplicablemente te la para... Más que un simple paseo, aquella caminata se estaba convirtiendo en una suerte de tortura china. De vez en cuando la atrapaba, le chupaba el cuello, le baboseaba el rostro. Ella entonces respiraba profundo y casi se desvanecía. Recordé una historia que había leído tiempo atrás en la *National Geographic,* era una historia acerca de los cerdos. El macho, cuando deseaba copular, escupía y resoplaba en la cara de la hembra, que quedaba hipnotizada por el olor de su saliva. Lo curioso era que aquel olor se cocinaba en sus testículos, viajaba lentamente por su sangre, impregnaba su boca y, en el momento culminante, se disparaba en ese chorro premonitorio, la salvaje promesa de otro chorro mayor. Se me ocurrió que a mí también me sucedía lo mismo, que desde el fondo de mis testículos repletos me venía a la boca un espumarajo de pasión, una avanzada de la locura, una sustancia que Julieta podía oler, desear y temer al mismo tiempo. Nos detuvimos en la calle, junto a un carrito desconchado donde un negro claveteaba zapatos. A Julieta le hizo gracia el letrero que el hombre había colgado al frente: DOCTEUR CLAUDE, RÉPARATION DE CHAUSSURES. Detrás del carrito había una puerta entornada y, detrás de la puerta, una escalera oscura. Volví a mirar la espalda de Julieta, punteada de gotitas de sudor, miré hacia abajo, las bermudas que se le metían entre las nalgas, pensé que uno está vivo hoy y muerto mañana, me sentí feliz y desesperado, saqué un billete de veinte francos y se lo puse en las manos al Docteur Claude, que me miró sin comprender. Entonces empujé a Julieta hacia el hueco de la puerta, la arrastré escaleras arriba y empecé a desnudarla. Ignoraba si alguien iba a bajar por allí, presentía que de un momento a otro podía subir cualquiera, pero nada de esto me importó. Ella jadeaba, se apoyaba en la pared mugrosa para que yo pudiera penetrarla, y confesó que era la primera vez que lo hacía de pie. Me detuve de golpe, le tomé la cara entre las manos, se la escupí al hablar: ¿por qué no se hacía la idea de que estaba tocando el arpa? «El arpa la toco sentada», sollozó, abriéndose de piernas, lamiéndome la frente, mi cara a la altura de sus pechos, mi nariz metida en su axila, mi lengua recogiendo las gotitas de sudor, un sudor ácido y espeso, la baba de su boca que me empapaba la cabeza, un aroma que me hipnotizaba y que debía de venir de su vagina, «cerda», le dije, «eres como una cerda», ella jadeó todavía más fuerte, se quejó bajito y luego subió el tono, lanzó dos o tres aullidos que debieron de escucharse en la calle, aquel lugar olía a chiquero, a leche agria, a orines colectivos, le dije que deseaba que me orinara el rostro, que deseaba beberme sus cochinos líquidos, que deseaba morir y me vi muerto, flotando sobre su cuerpo, navegando dichosamente sobre la puta nada. Sentí ruidos abajo y al asomarme alcancé a ver una cabeza negra, una mujer de edad que iba subiendo.

No pudimos evitar que nos mirara, aún estábamos desnudos, ni pudimos evitar el insulto: «*Cochons*», escupió, «*chiens cochons*». Afuera, el Docteur Claude me miró con ironía. Otro negro, parado junto a él, soltó una jerigonza en la que apenas me pareció entender que reclamaba algo. Saqué un nuevo billete y se lo entregué sin mirarlo. Julieta echó a caminar delante de mí y yo veía sus hombros enrojecidos, su espalda llena de arañazos, la tela roja de sus pantaloncitos metiéndosele de lleno entre las nalgas, era inaudito, pero estaba volviendo a desearla. Era un deseo en seco, un vicio profundo que no contaba con mi cuerpo, mi cuerpo al fin y al cabo estaba exhausto, y mi sexo en reposo, el hipócrita reposo del guerrero.

Esa noche, después de que Celia se durmiera, estuve pensando mucho rato en lo que había pasado, recordaba cada detalle con esa sensación de borrosa melancolía con que se recuerdan los buenos sueños. Celia empezó a roncar, no hay nada más desolador que escuchar, en la quietud de la madrugada, los cándidos ronquidos del que duerme sin culpa. Di varias vueltas en la cama y me puse a acariciar otro proyecto: salir de allí, pasar el resto de la noche con Julieta. Celia estaba rendida, no se daría cuenta de nada, y si por casualidad se despertaba, si por casualidad se le ocurría preguntar, le recordaría que al fin y al cabo ella tampoco amaneció en el camarote el día en que llegamos a Saint Thomas. Me levanté despacio, me vestí a ciegas y tomé de la mesita el mazo de canela que había comprado la víspera. Salí sin mirar hacia atrás, elástico y rijoso como un gato nocturno, caminé en puntillas por los pasillos desiertos, sólo escuchaba un lejano ruido de motores, un lejano susurro del mar... Llegué al Lisboa 16 y llamé muy quedo. No hubo respuesta en varios minutos y volví a llamar. Entonces escuché su voz, preguntaba «quién», sólo dijo «quién», y yo respondí «ábreme», no dije yo, ni dije soy Fernando. «Ábreme, Julieta», y Julieta me abrió. Se abstuvo de preguntar qué había pasado, o lo que estaba haciendo allí a esas horas. Sólo se sublevó cuando me vio sacar el mazo de canela. Yo traté de explicarle, era un viejo capricho, o una vieja carencia, lo cierto es que quería jugar con las ramitas, mojarlas en su sexo —como un bizcocho se moja en el café—, chupármelas *in situ*. Ella, que todo lo entendía, no lo entendió en ese momento, dio un manotazo que hizo rodar por el suelo la canela, se desperdigaron las ramitas, se desató todo el olor, ¿en qué clase de degenerado me estaba convirtiendo?... Yo le acariciaba las mejillas, me temblaba la voz cuando le hablaba: «Julieta, bésame en la boca», me estaba convirtiendo en un candidato al infarto, en un blanco fácil de la punzada atroz y de la muerte súbita.

—Te estás convirtiendo en un imbécil —gritó—. No te vas a morir del corazón, te vas a morir de asco.

Entonces se levantó y abrió la puerta del camarote. Que me largara de una vez, ¿qué le había dicho a

Celia para poder salir a esas horas? ¿Qué iba a decirle si me sorprendía en ese momento, a las tres y media de la madrugada, metido en el camarote de una arpista, una mujer que ya peinaba muchas canas, una señora mayor que sólo había venido a este barco para poder gozar, para poder mentir y para conocer de frente la Marie Galante?

Le rogué que me dejara quedarme, no insistiría con lo de la canela, me conformaba con hablar con ella, del arpa, de sus nietos, de lo que le diera la gana. Julieta volvió a cerrar la puerta y se quedó pensativa, se agachó junto a su maleta y sacó una botella de licor que había comprado esa mañana en Pointe-à-Pitre, la etiqueta hablaba del extracto del *bois bandé,* un afrodisíaco, «lo que menos necesitas tú», dijo con sorna, «y lo menos que necesito yo». Entonces me confesó que iba a estar difícil que habláramos de sus nietos por la sencilla razón de que no los tenía. Tampoco había tenido hijos. Se había casado muy jovencita con otro músico, un violinista con el que no llegó a convivir ni una semana, ése había sido su primer fracaso. Después de aquello, en realidad mucho después, vino su gran amor, uno de sus alumnos, un hombre que ya tocaba correctamente la trompeta cuando llegó a su casa para pedirle que le enseñara el arpa.

Julieta se desnudó, lanzó sobre la cama su bata vaporosa y me sirvió del Punch d'Amour au Rhum, medio vasito de ese licor cobrizo y provocante que bebimos en un apretado silencio. Le puse una mano sobre el muslo y le pregunté por qué me había mentido. «A ti, no», respondió, «le mentí a tu mujer, a Celia le hacía mucha ilusión que yo tuviera nietos.»

El trompetista, poco más joven que ella, tocaba regularmente en una orquesta de boleros, y, viéndome a mí («lo primero que aprendió en el arpa fue *Contigo en la distancia»),* ella a veces se acordaba de él. Tomaba su clase los sábados por la mañana, la primera clase del día para ella, que lo recibía en bata, con la molicie de las sábanas todavía pegada a la piel. Él se colocaba frente al arpa y ella se le sentaba al lado: que pusiera el brazo así, echara esa pierna para acá, mantuviera la espalda recta, el codo, por favor, que subiera el codo. Le tomaba las manos, le estiraba los dedos (largos dedos de trompetista), y luego le mandaba repetir el ejercicio, más lento, más lento todavía, así estaba mejor, que aflojara la mano, eso es, sacara el pulgar, no se olvidara de tapar ese sonido, que levantara el codo, ojo con ese codo, ¿por qué tenía la mala maña de bajarlo?... Al principio no hubo maldad. Ella se inclinaba por detrás para corregirle la postura y no se daba cuenta de que sus pechos se apoyaban en la cabeza del alumno. Hasta que un día él se dio la vuelta con los ojos inyectados, que no se enojara, profesora, no quería faltarle, pero ella todavía estaba joven —ese «todavía» ofendió secretamente a Julieta— y él era un hombre, un trompetista de carne y hueso, mirara nada más cómo lo hacía sufrir. Ella le miró la entrepierna y, efectivamente, vio que lo hacía sufrir, se quedó lívida, arrobada, muda del asombro; y cuando pudo hablar fue para echarle en cara su condición de hombre de orquesta, eso era lo malo de aprender primero la trompeta. Lo mandó salir de su casa, no sin antes advertirle que sin disciplina y sacrificio jamás iba a tocar el arpa. El hombre dejó pasar varias semanas y un lunes en lugar de un sábado reapareció, Julieta estaba desayunando y lo invitó a tomar café, él mantenía los ojos fijos en las florecitas de la servilleta y, de repente, sin que viniera a cuento, le confesó que ya había hallado la manera de no excitarse durante las lecciones. Julieta decidió tomarlo con filosofía, mordió una tostada y le preguntó irónicamente qué pensaba hacer. Él la miró a los ojos: «Trataré de venir una hora más temprano para acostarme con usted». Pensó en echarlo nuevamente, pero se aconsejó mejor y no lo hizo. De ahí en adelante, cada sábado se levantaba al alba, se duchaba temblando y lo esperaba como Dios la trajo al mundo, sentada frente al arpa, tocando *Lolita la danseuse,* una pieza de Tournier que se debía tocar precisamente así, desnuda y con hambre de verga. Cuando pulsaba la última nota, él se le acercaba sigilosamente y retiraba el arpa, pero ella no se daba por aludida, permanecía sentada con la espalda recta, los ojos entornados, los brazos en posición de merecer, aguardando inútilmente que le devolvieran el instrumento. En lugar de eso, sentía llegar la lengua, entraba primero la punta de ese estilete tibio y luego caían, con toda su fuerza, los musculosos labios. Quien no haya sido amado por un trompetista, declaró Julieta, no sabrá jamás lo que es una mamada. Dos veces perdió el conocimiento, por dos veces sintió que aquella boca le chupaba la sangre, en todo caso despertaba en el sofá, con un profundo ardor en la entrepierna, escuchando la cadencia todavía torpe de aquella melodía, contigo en la distancia, amada mía, estoy... estuve... estaba allí, esforzaba la vista y lo veía, veía la silueta rígida del arpa (del salón en un ángulo claro), y los cabellos retintos de su alumno —¿por qué sería que todos los trompetistas usaban brillantina?—, su perfil arábigo asomando por detrás de las cuerdas y sus brazos peludos, ella se incorporaba, sacaba el hilo de voz que le quedaba y comenzaba a dar la clase. El otro la escuchaba en cueros, ya se quedaba así hasta que Julieta comentaba que estaba bien por ese día, que se aprendiera *La Gavotte* de Grandjany y se dejara de boleros. Él la abrazaba por detrás y renovaba su promesa: «*Gavotte* es lo que te voy a dar a ti». Era vulgar, no había remedio, vulgar como sólo puede serlo un musicastro de una orquesta de boleros. Pero tenía, a la vez, una sensibilidad oriental para ciertas cosas. Para comer, por ejemplo, siempre lo hacía en silencio, con orden y recelo, chupando los huesecillos hasta dejarlos pelados y brillantes, con unos ademanes que, según Julieta, sólo le había visto a algunos chinos. Igual que su actitud para con la luz, no le gustaban las grandes claridades, le hacía entornar constantemente las persianas y la obligaba a dar la clase en la penumbra. Así habían durado quince años, siete meses y veintidós días.

—Una vida —dije, por decir algo. Julieta me sirvió y se sirvió otro vaso del Punch d'Amour au Rhum. Miré por el ojo de buey y vi que estaba clareando. No me interesaba mucho el resto de la historia, pero me sentí en la obligación de preguntar.

—Murió en un accidente —contestó ella—, por eso estoy aquí.

Busqué la relación entre una cosa y la otra. Ella había venido a este barco porque él estaba muerto, de lo contrario se habría quedado en las tinieblas de su casa, enseñándole a destrozar otro bolero.

—Vine a ver el lugar donde murió.

Me sobresalté, claro, pero traté de no demostrárselo. Empecé a besarle los muslos y ella, curiosamente, se puso a rascarme la cabeza. Dio muchas vueltas, empleó muchos lugares comunes, que nadie sabía de la vida de nadie, que cada cual llevaba su procesión por dentro, que la vida era una tómbola, tómbola, tómbola. Yo, entre tanto, había llegado a la altura de su sexo y derramé deliberadamente unas gotitas del licor sobre sus pelos canos, las chupé sumiso, con gratitud, con mimo, con ganas de dejar los huesecillos limpios, yo también tenía mi sensibilidad oriental. Ella no se movió, pero tembló antes de decirlo.

—Cayó en las fauces del Gran Abismo... Se mató en la Marie Galante.

Era demasiado para mi cerebro en vela. Pensaría en eso mañana, Fernando Scarlett O'Hara, *I'll never be horny again,* y enseguida recordé que mañana ya era hoy, y que hoy, precisamente en este día, el barco nos arrimaría a esa islita corsaria y diabólica, a esa tierra bellísima y de nadie. A la Marie Galante.

—Tienes que irte —balbuceó Julieta.

No le hice caso, el sol estaba alto, ya no tenía nada que perder. Derramé sobre su sexo lo que me quedaba del licor, que era bastante, y coloqué mis manos por debajo de sus nalgas para catapultarla hasta mi boca. La besé allí, sin lamer ni chupar, sólo esos besos brujos, sonoros y castos. Entonces sentí que ella interponía el puño cerrado entre mi cara y su vientre, levanté la cabeza, no lo acababa de entender.

—Ahí las tienes —me dijo.

Aflojó los dedos y soltó de cinco a seis rajitas de canela. Dos de ellas se enredaron en sus vellos húmedos, las demás rodaron por las sábanas.

—Ahí las tienes —repitió—. Rómpeme como más te guste.

Vereda tropical

La playa estaba en Gosier. Que cogiera el autobús allí —la muchacha señaló hacia el otro lado de la calle—, no me tomaría más de veinte o veinticinco minutos llegar al balneario. Hice lo que me dijo, me sentía obediente y liberada. Obediente para con mis propios deseos, era por fin mi voluntad, y liberada porque Fernando y Julieta habían quedado atrás, cocinándose en el caldo inmundo de sus toqueteos, anegándose en sus miradas turbias, en sus palabras con dobleces, en toda esa cochina historia. El autobús partió repleto y yo me asomé a la ventanilla. Me gustaba ese viento, me gustaban los olores, me gustaba terriblemente la Guadalupe. Hasta el nombre de ese lugar, Gosier, me llenaba de felicidad. No llevaba proyectos concretos ni quería hacerme ilusiones: ansiaba, simplemente, meterme en el mar, tragar agua salada, lamerme disimuladamente un brazo. Cuando salgo del mar, me suelo lamer la piel del brazo, me encanta el sabor de la carne recién salida del océano, tan limpiecita, tan gustosa.

Media hora más tarde el chófer se dio la vuelta, me buscó con la vista y me señaló la puerta delantera: «Bájese aquí, esto es Gosier». Sentí una emoción estúpida, qué más me podía dar Gosier que Pointe-à-Pitre, que Capesterre, que Petit Bourg. Todo, por igual, me era desconocido, se supone que todo me daba lo mismo. Pero no, Gosier me entusiasmaba, me reía sola, me sentía además dichosa caminando por esas calles malamente azotadas por el sol. Pregunté por la playa a un vendedor de fruta, me ordenó que continuara recto hasta pasar la iglesia, torciera a la derecha y no parara ya hasta ver el mar. Le compré un puñado de tamarindos y le agradecí la información. Me gustaba el ácido de la pulpa, me provocaba mojarla en el agua de mar y chuparla así, con ese saladito. De niña lo hacía mucho.

La playa era pequeña, con un mar cristalino donde te ves los pies y un oleaje manso, que se dejaba querer. Había un puñado de turistas tomando el sol y cinco o seis cabezas negras que asomaban a lo lejos, nadando en lo profundo. Me acerqué a la orilla, me mojé los dedos y me persigné, siempre me persignaba antes de entrar al agua, llevaba el bañador debajo, pero preferí hacerme sufrir, posponer por un instante el baño, alimentar morbosamente ese deseo. Eché a caminar por la arena y rompí la cáscara del primer tamarindo, asomó la cabecita pastosa y me la llevé a los labios, recogí unas cuantas conchas, atrapé un cangrejo, creo que me sentía un poco salvaje, por último, me detuve al borde de unas rocas, en el límite mismo de la playita. Entonces lo vi. Un islote de tarjeta postal, de Caribe pintado, de trópico desierto. Allá enfrente, del otro lado de Gosier, un paraisito con su franja de arena blanca y su bosque celestial de cocoteros. Me quedé un rato embelesada, se me ocurrió que acaso nada más que lo estuviera viendo yo, un espejismo del mar, no podía entender que nadie se estuviera bañando de este lado sin pretender llegar a aquél. Di media vuelta y me alejé de la playa, apreté el paso, me pareció que incluso iba corriendo, salí de nuevo a la modorra de las calles —poca gente caminaba a aquellas horas por Gosier—, entré a una tienda de regalos y simulé mirar unos collares. Recordé fugazmente a Elena, tal vez debía comprarle algo, unos aretes, una pulsera, un detalle para que viera que su madre se había acordado de ella. La dependienta se acercó, me abrumó a sugerencias, fingí estar indecisa entre una sortija y un prendedor, los examinaba en falso, en realidad no los estaba viendo, y de repente alcé la vista y le pregunté por esa islita, la que se veía desde la playa, que me dijera cómo se podía llegar allí. Sonrió, asintió sin comprenderme bien —o simulando que no me comprendía—, intentó mostrarme otra sortija y la atajé diciéndole que no buscara más, que me llevaría el prendedor, pero primero quería saber cómo podía llegar al otro lado. «Ahhhh», exclamó, «Îlet du Gosier.» Envolvió la prenda y extendió la mano tratando de alcanzar el billete que yo adelanté y retiré en cuestión de segundos. Entonces confesó: para cruzar al otro lado tenía que pagar cinco francos a uno de los boteros que hacían la travesía. Los botes estaban más abajo, que siguiera el camino de la playa y, antes de entrar al balneario, que torciera a la izquierda, buscara un bar llamado Victor Hugues, era el bar de los boteros, allí se reunían y de allí zarpaban sus barquitos. Le pagué y salí bastante ansiosa, ya no estaba tan feliz como cuando bajé del autobús, la mañana se me estaba echando encima y yo tenía una idea fija: pararme allá, en la vereda blanca del islote, y mirar hacia la playa de Gosier. Quizá pudiera divisar a esa otra mujer plantada en medio de las rocas, una rubia señora desorientada y pálida, nos miraríamos las dos, ella deseando estar al otro lado, queriendo ser la que yo era, comiéndome con la mirada, y yo deseando ser no más lo que podía: una visión al borde del espejismo, una aparición dentro de otra aparición.

Había una larga fila de viajeros. Era gente de Gosier que iba a pasar el día a la Îlet du Gosier. Transportaban cacerolas con guisos, niños con mantas, botellas de licor; cargaban con almohadas, con taburetes y aparatos de radio, con hamacas y racimos de plátanos, con pollos vivos, casi vivos. Me dio un olor a sangre coagulada y se me erizó la piel: me acordé del pasajero que había muerto esa mañana, estábamos a punto de desembarcar cuando se desplomó sin vida, sin una queja, sin comprender lo que pasaba. Era una suerte morirse así. Caminé resignada hacia el final de la cola y pensé que iba a pasar mucho tiempo antes de que pudiera abordar uno de aquellos botes. La claridad, un sol violento, como pocos he visto en mi vida, me obligaba a engurruñar los ojos y ni siquiera vi llegar al hombre que me tomó de un brazo y me haló hacia la orilla. Me resistí a medias, me repugnó el contacto de esa mano grande y mojada, y al detenernos junto al agua fue cuando por fin pude mirarle el rostro. No era negro, era más que eso, bajo la luz de cal viva que caía a esas horas —y la luz de estas islas nunca miente—, le vi la piel casi violeta. Tenía el torso desnudo y soltó una jerigonza de la que sólo saqué en claro que debía pagar diez francos por el viaje. Accedí de inmediato, eran cinco francos adicionales por adelantarme en la fila, pero no me importaba, hubiera dado veinte, hubiera dado lo que no tenía con tal de que me llevara de una vez a la otra orilla. Me metí en el mar siguiendo al grupo de viajeros, no había otra forma de subir al bote. Los hombres llevaban las cacerolas en alto, las mujeres cargaban a los niños, y yo caminaba lentamente, con el agua a la cintura y la cabeza llena de premoniciones. Ese bote al que pensaba subir, repleto de familias hacinadas, muy bien podía volcarse y zozobrar. Calculé que éramos más de veinte, sin contar el condumio y el peso de los tereques que llevaban para el pasadía. Me quedé atónita observando esa chalupa sobrepoblada, desde arriba me animaban a subir, me tendían las manos callosas, negras manos dispuestas a levantarme en vilo, aflojé los músculos y extendí los brazos, cerré los ojos esperando a que me izaran, pero no hizo falta, en ese instante me empujaron desde el fondo y me depositaron como un tereque más sobre cubierta. Miré la cabeza chorreante del hombre que me había cargado. Era el patrón del bote, el mismo que me había cobrado los cinco francos adicionales por la cortesía de dejarme un agujero, un hoyo infecto, un hueco sin destino en esa barca de miseria. Subió él también, se secó el rostro con una toalla cochambrosa y se afincó tras el timón. Lo observé entonces con más detenimiento, no miraba a nada ni a nadie, simulaba ver el horizonte, la raya verdiblanca de la isla, pero tampoco eso miraba. Tenía unos ojos achinados y perversos, un negro chino, una fisonomía diabólica, un cuerpo tenso y duro, puro nervio y puro músculo, negro y renegro, me recorrió un escalofrío: estaba segura de que íbamos a zozobrar. Comencé a temblar, estaba muy mareada y bajé la cabeza, es lo que debe hacerse para vencer la náusea, el resto de los pasajeros, apiñados a mi alrededor, ni siquiera se inmutó. El patrón sí, el patrón me estaba mirando cuando levanté la cabeza y se quedó mirándome por un buen rato. Quise decirle que ya estaba mejor, pero el ruido del viento, el chachareo de las mujeres, el hervor del mar me lo impidieron. Enseguida noté que aminorábamos la marcha, volteé la cabeza y vi que habíamos llegado a la Îlet du Gosier, el viaje había durado nada, no zozobramos, no habíamos muerto en el intento. Delante de nosotros había un pequeño embarcadero, pero el bote ancló bastante lejos de la orilla, la gente empezó a lanzarse al agua y, cuando yo intenté hacer otro tanto, el patrón me hizo señas de que me esperara. Demoró todavía, cobrando a los demás viajeros, y luego vino hacia mí, se colocó de espaldas y me ordenó que me sentara sobre sus hombros. Yo lo hice, me senté a horcajadas y sentí entre las piernas el calor endemoniado de su nuca, sentí la presión de sus manos, sus grandes manos mojadas puestas como dos garfios sobre mis rodillas. Me pareció que caminaba lento, que demoraba más de lo debido mientras me transportaba hacia la orilla, quise decirle que podía soltarme, quise ordenarle que me dejara sola, y sucedió exactamente lo contrario, lo peor que pudo suceder, me acordé del hombre muerto esa mañana, me vino a la mente la imagen de su rostro, los ojos entornados, una rayita blanca, difusa, llorosa..., los muertos suelen llorar después de muertos. Ya se sabe que esos recuerdos me trastornan, me calientan la sangre, ahí están los artículos de *Psychology Today,* mi caso no es el único, entonces apreté las piernas, el botero se detuvo y se agachó para que yo pudiera bajarme, y antes de hacerlo me moví dos veces, por dos veces froté mi sexo contra el alambre de púas que era su pelo. Luego caminamos juntos por la arena, se dio cuenta de que no llevaba ningún plan, soltó otra jerigonza en la que comprendí un puñado de palabras, otra playa, dijo, y asentí relamiéndome. Lo seguí por instinto, nos internamos en ese monte poblado de familias que hervían el agua y pelaban los pollos, el aire entero olía a carbón y a plátanos hervidos, me sudaban los pechos, me acribillaban los mosquitos, había un calor de espanto, una humareda contagiosa que me hacía toser, una quietud picante de alimañas al acecho. Poco a poco el monte se fue quedando solo, se convirtió en un mangle turbio y sofocante, y, cuando ya pensaba que iba a desmayarme, desembocamos en un claro desde donde divisamos la playita, minúscula y rocosa, oliente a marisco podrido. Él se dio la vuelta y me ordenó que me metiera al agua: soy obediente, una mujer sumisa como una niña, me saqué la ropa y me avergoncé de mi bañador, me sentí vieja, me metí rápido para que no me viera, sin persignarme esta vez, y él enseguida me siguió, pasó de largo junto a mí y se fue a nadar a lo profundo. Yo sentía una inquietud muy grande, pensaba en Elena, pensaba en Fernando, pensaba de refilón en esa mujer, Julieta, todos me parecían muy lejanos, como si todos estuvieran muertos. O como si yo estuviera muerta. El otro emprendió el regreso, nadó hacia mí y vi sus ojos achinados reinando sobre la superficie, le sonreí con la putería revuelta, él se sumergió, puso sus manos sobre mis muslos, sus manos que afuera parecían tan grandes y que ahora, dentro del agua, se tornaban enormes, descomunales manos de patrón de bote, de negro proscrito, de monstruo marino. Me apartó las piernas y me metió los dedos, me palpó las nalgas por debajo del bañador, dije que no y que no, hice un débil intento por salir del agua. Entonces él pasó su brazo alrededor de mi cintura, me sacó los pechos, que flotaron como medusas, los tomó en sus manos y los estuvo chupando como yo chupaba los tamarindos, con el saladito del agua de mar. Tenía una boca grande este botero, unos labios gruesos como filetes, una lengua que de repente tuve ganas de morder y que busqué en el barullo de las olas. Me tomó en brazos, enfurecido, y se encaminó a la orilla, yo cerré los ojos, le lamí la cara, volví a buscarle aquella lengua poderosa pero me la negó. Atravesó la playa y siguió rumbo al mangle, me depositó en el suelo y me desnudó de un zarpazo, fue como si le arrancara la piel a un conejo, un conejo que aun desollado continúa con vida, y que se retuerce además, ése era mi cuerpo vivo brincando de deseo en un pantano. Luego se echó a un lado, abrí los ojos y vi que también se estaba desnudando, lo vi de espaldas, las nalgas redonditas y brillantes, dos negras nalgas sudorosas que juré lamer, morder, acribillar, y entonces se dio la vuelta, avanzó un par de pasos y me la mostró... Si cien años hubiera vivido después de ver aquello, cien años no me habrían bastado para recuperarme. Quise gritar y me salió un chillido, un ruido patético, una especie de estertor de gato. Él se echó a reír, caminó por encima de mi cuerpo con las piernas abiertas, se acuclilló frente a mi rostro y dejó que la cabeza de su verga, sólida y gigante, me ungiera la frente. Yo no sé de medidas, nunca supe calcular ni el largo, ni el ancho ni el espesor de ninguna cosa, pero la tomé entre mis manos y me conmoví como si se tratara de un recién nacido, era un negro cañón pesado y lustroso, un animal de amor que no me merecía. Abrí la boca y él me acarició los cabellos, chupé como una niña, modosa y quieta, sintiendo a ratos que me ahogaba, me ahogaba, sudábamos los dos, apestábamos al mismo tiempo, me encabritaba su olor, el sudor fermentado de su entrepierna, el sudor mortífero de sus sobacos, el sudor espeso que le perlaba el pecho, su pecho velludo, cundido de una pasa dura que seguramente raspaba la piel de las mujeres. Bajó de golpe, las mismas manos con que me había tentado, siempre húmedas, siempre abusivas, me apartaron las piernas. Vi sus ojos chinos y fue lo último que vi. El grito sobrevoló el mangle y sobrevoló los fuegos necesarios de la costa, pasó sobre los pollos desnucados, sobre las cabezas de los niños dormidos, sobre las cacerolas con los guisos y sobre el mar que nos separaba de Gosier, llegó al balneario y asustó a la mujer que todavía aguardaba entre las rocas, una rubia señora que alimentaba la esperanza de fornicar con un botero de la orilla, un cerdo capaz de atornillarla con su prepucio en espiral, algo que sólo puede hacer un cerdo... El hombre me dobló las piernas y me trozó los huesos, sentí un dolor agudo entre las ingles, me barrenaba el vientre, me acordé de una de las historias de Fernando, no era el momento, ya lo sé, pero uno nunca escoge sus recuerdos, era la historia de unos ácaros que viven en el plumón de las lechuzas; las patas prensoras de los machos, descontroladas en el coito, suelen dejar doblados para siempre los suaves lomos de sus compañeras. Así quedaría yo, pensé, doblada de por vida, tullida de pasión, lamiendo en gratitud las plantas de los pies de aquel botero que no acababa nunca.

Regresamos juntos al barquito, pasamos abrazados por entre las familias que cabeceaban su modorra y que nos observaron con indiferencia. Volvimos solos a Gosier, solos en ese bote donde malgastamos los últimos abrazos. Bajamos al bar llamado Victor Hugues, yo sangraba como una virgencita, de algún modo aquel larguísimo trabuco había llegado donde nunca había llegado nadie, bebimos del aguardiente rojo que se bebía en ese lugar y tuve la corazonada de que aquélla era la tarde más importante de mi vida. Él ni siquiera me miraba, miraba hacia su bote, presentí que de un momento a otro iba a marcharse y recordé que yo también debía tomar el próximo autobús a Pointe-à-Pitre. Me despedí besándole la boca, el implacable filete de esos labios, una lengua que no se me negaba más, unos dientes que se me quedaron clavados en la carne, para que me acordara de su sabor en esa noche, para que me acordara mañana por la noche, y para que me acordara ahora y en la hora de mi muerte, y por el resto de las noches que iba a vivir sin él.

Alma vanidosa:

Allí estaba yo, recordándote; allí estaban tus olores, aquí tus besos, aquí y aquí. Todo estaba muy oscuro, ya conoces mi debilidad por la penumbra, me gusta recordarte a ciegas. Estaba oyendo esa canción, *Bésame mucho,* y sentí los pasos de la extranjera que se detenían detrás de mí. Traía un vaso en la mano —lo supe por el tintinear de los hielitos— y tuvo la osadía de interrumpirme. «¿Sabes que la pulga que vive en el conejo no siente ganas de copular hasta que copula el propio conejo?» ¿Qué podía hacer, dímelo tú, estrangularla, abofetearla, echarla de mi casa? La miré, mejor dicho, me dirigí hacia el lugar desde donde salía la voz (ver, lo que se dice ver, allí no veía nada), y le pagué con la misma moneda: «¿Sabes que Chelo Velázquez compuso ese bolero cuando tenía diecisiete años?». Estábamos a mano. Ella se echó a reír, te juro que fue la puta risa de un maldito roedor. «Las pulgas», me dijo, «esperan a que sus caseros forniquen para fornicar ellas también. Así se aprovechan del nido del conejo para hacer sus propios nidos.» Le pregunté cómo podía saber la pulga que el conejo estaba fornicando. «Por las orejas», respondió, «las orejas se les calientan durante el coito.» Ángela, por qué no estamos ahora mismo en el Caribe, tú y yo, frenéticos y libres, en un islote solitario donde no nos lleguen las tánganas de tu marido, ni las cochinas historias de la extranjera, ni el acoso triste de ningún bolero, este bolero. Un islote donde pueda tenerte a todas horas, sin esperar a que el poder divino —ese otro conejo— decida cuándo y cómo debemos copular. Piensa en esto, piensa que tal vez mañana yo ya estaré lejos, muy lejos de ti.

Abel

Somos

En la rue de la Marine, frente al embarcadero de Grand Bourg, que es el lugar más animado de la Marie Galante, está el Club Raïssa. Uno puede escoger entre sentarse fuera, mirando al mar y a los paquebotes que van y vienen de Pointe-à-Pitre, o acomodarse dentro, en la penumbra de un ranchón que huele a tabaco mojado. Julieta y yo nos quedamos dentro, pedimos una botella de Elixir de la Marie Galante y la bajamos en silencio. Celia no había venido con nosotros, el día anterior descubrió un islote solitario frente al poblado de Gosier, se encaprichó en llegar allí, se trepó a una chalupa de pescadores y, entre el ajetreo del viaje, el cansancio de la playa y la comezón del sol, había acabado destrozada. Estaba anocheciendo cuando regresó al barco, la reprendí por la tardanza, no teníamos edad, ni ella ni yo, para esos trotes. Se veía pálida y traía los brazos rasguñados, me advirtió que comería en la habitación, pero que yo, si lo deseaba, podía subir al comedor. Acepté en el acto, era la única oportunidad que iba a tener de cenar a solas con Julieta. Celia sonreía, una sonrisa extraña en ese rostro demacrado, se tumbó en la cama y le pedí, por vez primera en veintitantos años, que por favor no se durmiera sin bañarse. Ella soltó una carcajada y yo insistí: «Hueles a mono». Volvió a reírse, hubiera jurado que estaba algo borracha: «Huelo a rosas, Fernando..., a puras rosas». Me acordé súbitamente de Bermúdez, yo, que ya no me acordaba de nadie, ni siquiera de Elena, todo el mundo me parecía tan lejano, y de golpe Bermúdez: las mujeres en los barcos se desbocaban. Ahí tenía a Celia, buena madre, buena esposa, excelente ama de casa, convertida por obra y gracia de este crucero en una buena loca. Desde la puerta, le pregunté si no se le ofrecía nada más, dijo que sí, que le apagara la luz. En el camarote flotaba un tufo despiadado y yo dudé: «Si la apago», le dije, «seguro que te duermes sin bañarte». Salí y busqué a Julieta, escogimos una mesa apartada y ni siquiera preguntó por Celia, se alegraba de que estuviéramos a solas. Yo también me alegraba, tenía muchas cosas que decirle, quería contarle, por ejemplo, que todo había empezado aquella noche en que bajamos a San Juan, ¿se acordaba de que me había puesto enfermo?, ella afirmó con la cabeza y me tomó una mano, cómo podía olvidarlo, entonces le confesé que la emoción de verla devorar los *sushis* me había excitado hasta tal punto que eyaculé, como quien dice, *a cappella,* prescindiendo de todo, como un adolescente. Peor que eso, añadí, porque en mi adolescencia nunca me desfogué de esa manera. Y que me viniera a suceder a estas alturas, después de haber casado a Elena, cuando ya no tenía planes sino de descansar con Celia, un crucero plácido, sin grandes sobresaltos —como no fuera el hombre muerto esta mañana—, que me viniera a suceder casi al final... Hubo un silencio triste, que ella rompió para decir que esto también la había tomado por sorpresa, entre las clases de arpa y el cuidado de su madre —era la primera vez que hablaba de la madre—, tenía la vida organizada, una rutina fija en la que no se vislumbraba ningún cambio. Le quedaba, eso sí, la pena de su trompetista, desde hacía tiempo estaba a la caza de algún crucero que la arrimara a la Marie Galante, le tomó años reunir el dinero y años también decidirse. «Pero por fin estás aquí», le dije, un poco para cambiar el tema, me irritaba el recuerdo de ese hombre —«fue tan buena la nota que dio aquel humilde trompeta»—, envidiaba el misterio de su muerte, nadie venía desde tan lejos para morir así, succionado por las fauces del Gran Abismo, nadie que no estuviera un poco mal de la cabeza. «Cerraron el caso como un suicidio», declaró Julieta, «pero yo sé que no es verdad, no era hombre de eso.» Me sonó graciosa la frase, hombre de eso, y a ella se le aguaron los ojos. «Tuvo que ser un accidente», machacó, «yo siempre digo que fue un accidente.» Y con eso bastaba, claro, su palabra contra la de nadie. «Sucede a veces», la apoyé, «te asombrarías si te dijera el número de turistas que se mueren todos los años lejos de sus casas, lo leí el otro día en *Travel and Leisure.*» Estaba absorta, pensé que ni siquiera me había oído, pero levantó la mano para interrumpirme: «Agustín Conejo no era ningún turista, estaba trabajando, lo contrataron con la orquesta precisamente en un crucero». Me pregunté si había escuchado bien, ¿cómo había dicho que se llamaba?, lo repitió: Agustín Conejo. Pensé que con ese nombre no se podían ser muchas cosas en la vida, quizá menos que nada arpista. Languidecieron las confesiones y nos concentramos en la comida, teníamos apetito, pero también teníamos hambre de otras cosas, de devorarnos mutuamente, de digerirnos y regurgitarnos, sobre todo de regurgitarnos. Ella, para provocarme, pasaba la punta de la lengua por el borde de las copas, me buscaba con el pie, me obligaba a relatar de nuevo la historia cruel de los dugongos, esas tetonas criaturas martirizadas en la costa de Mombasa; la historia indigna de las cerdas, que enloquecían con la saliva de sus machos, y la historia edificante de las hienas, a las que la naturaleza había dotado de un largo y contundente clítoris, capaz de provocar orgasmos de ultratumba. Cerca de la medianoche nos despedimos, la dejé en su camarote y me fui al mío, y, nada más abrir la puerta, me abatió la misma ardiente tufarada que había dejado al irme. Celia, como era de esperar, se había dormido con la luz prendida y, por supuesto, no se había bañado. Me acerqué a ella con sigilo y la contemplé durante un rato, sentí una mezcla de ternura y desasosiego, era su carne conocida con un olor desconocido. Más tarde la oí roncar, era cruel, somos muy crueles, fue entonces cuando salí del camarote y decidí pasar la noche con Julieta.

Cuando regresé, a la mañana siguiente, ella me estaba esperando ya vestida. Dio por hecho que yo había salido muy temprano, «madrugaste», dijo, sin gota de ironía, luego me pidió que desayunáramos juntos y durante el desayuno dejó caer que no pensaba bajar a la Marie Galante. Se me ocurrió que acaso era una trampa, la observé con cautela mientras me contaba lo de su alocado paseo por esa islita de la fantasía, que la comprendiera, resumió, estaba exhausta. Me pareció un argumento normal.

Julieta y yo sí bajamos. Grand Bourg, a esas horas, era un pequeño infierno, todo se cocinaba por igual dentro del mismo pote, todo espejeaba, casi todo ardía. Ella se aferró a mi brazo y dijo que necesitaba llegar cuanto antes a ese lugar —se refería al Abismo—, que tuviera en cuenta que iba a cumplir una promesa. Salí a buscar un taxi y regresé con el chófer, un negro corpulento, de párpados caídos, que insistía en que le dijera cuánto tiempo íbamos a quedarnos por allá. Calculé un par de horas, en realidad no lo sabía, acordamos el precio y nos pusimos en marcha. El viaje fue corto y miserable, hacía calor, el automóvil brincaba de un lado para otro sobre un camino infecto, todo invadido de bejucos. Fue necesario detenernos, poco después de haber salido de Grand

Bourg, para que Julieta bajara a vomitar. A mí también me dieron náuseas, era el taxista, despedía un olor muy similar al que Celia había traído consigo la noche anterior, además, por las ventanillas sólo entraba aire caliente, era duro, terriblemente duro llegar al Gran Abismo, ¿cómo se fue a morir un trompetista a un hueco tan inhóspito? El taxi se detuvo por fin al pie de una colina, el chófer nos miró: ahora tendríamos que subir. Y subimos. Me cubrí la cabeza con mi propio pañuelo empapado en sudor y tomé a Julieta de la mano. El hombre, mucho más ágil que nosotros, llegó rápidamente a la cima. «Apali!», gritó en *créole, «la gueule Grand Gouffre!»*. A Julieta se le cortó la respiración, creo que intentó decir algo, pero se desmayó.

Cuando volvió en sí rompió a llorar, me suplicó que no nos fuéramos aún, se aferró a mi brazo, todavía estaba muy débil, debíamos de tener un aspecto extraño porque el taxista no paraba de mirarnos, una mirada incrédula, incluso un poco socarrona. Julieta logró ponerse de pie, pasé mi brazo alrededor de su cintura y la conduje a la barandilla que resguardaba el precipicio, dos palos cruzados que chirriaban con la ventolera. Miramos hacia abajo, las fauces chorreantes, el agujero de vértigo, mi cuerpo se pegaba por detrás al cuerpo de ella, que olía a vómitos y olía a sudor, me pareció que por debajo de su ropa se escapaba un raro olor a sexo, un rancio aroma que a ratos me embriagaba, me sentí asqueado y aturdido, quería llegar allí, a la cuna de ese olor, agotarlo con mi nariz y con mi lengua, «vámonos», le dije, me pareció que estaba a punto de desmayarse otra vez, recostada totalmente sobre mí, acezante, casi como en un trance, la besé en el cuello, le lamí la nuca, sudada y ácida, «aquí no», gemía, «aquí no», la arrastré hacia el auto y le hice seña al chófer de que nos íbamos, ella se acostó en el asiento trasero y yo le desabotoné la blusa, el automóvil partió, se reanudó el suplicio, dentro de media hora, pensé, habría acabado todo, le di unas palmaditas en las mejillas, la abaniqué con un pedazo de cartón y le levanté un poco la falda: aquel vaho salió todo de golpe, no llevaba ropa interior, le acaricié los muslos, le rasqué el pubis, aventuré el dedo del corazón, un solitario dedo que culebreó enredado entre sus vellos, ella se quejaba bajito y apenas se movía, le abrí más la blusa, asomaron los pezones, dos grandes círculos morados con la pupila puesta en otra parte, tomó mi mano y se la colocó *motu proprio* entre las piernas, entonces subió el tono de los quejidos, se revolvió como una loca, el taxista aminoró la marcha y miró hacia atrás con el rabo del ojo. Julieta se chupaba un dedo, se masajeaba el vientre, se pellizcaba las nalgas... El hombre pegó un frenazo y se dio la vuelta, yo le sostuve la mirada un solo instante, y acto seguido levanté la falda de Julieta, a él se le fueron los ojos hacia el sexo canoso, mojado y bien abierto, ella se frotaba con mi mano, se arqueaba en el asiento, sacaba la lengua, una gruesa lengua que buscaba el rumbo... Abrí la puerta y bajé del auto, abrí la puerta del chófer, que me miró de arriba abajo, lo meditó un momento y consintió él también en bajar. Me aparté, tambaleándome, y él se desnudó ante mis ojos, vi su carne retinta, más que negra, mucho más que eso, casi azul, lo vi por delante, reparé rápidamente en su bestial tolete, un auténtico instrumento de provocar dolor, lo vi meterse por la puerta trasera y tuve lo que en la *National Geographic* —¿o es en *Psychology Today?*— llaman *flash-back,* recordé a Elena, mi hija Elena metiéndose a deshoras por la puerta trasera del automóvil de su novio, se me hizo un nudo en la garganta, me acerqué sin hacer ruido y me asomé a la ventanilla, a Julieta apenas podía verla, él la estaba cubriendo con su cuerpo, pero en cambio podía oírla, jadeaba, gruñía, susurraba frases que quedaban a medias, que se iban junto con su lengua a las profundidades de esa negra oreja... El calor aumentaba por segundos, fue como si descendiera una bola de fuego, de vapor, de muerte, me desquició la escena, me fulminó en pocos segundos, abrí la boca y me salió un hilo de baba, me acaricié a mí mismo, me concentré en la espalda del taxista, me fascinó la dura brega de sus nalgas, dos juegos de músculos perfectos que subían y bajaban, cuando bajaban se oía un nuevo gemido de Julieta, entonces él la consolaba, le susurraba frases que yo no lograba entender, le buscaba los labios, se daban besos interminables, húmedos, sonoros, chasqueaban los sexos al juntarse, y chasqueaban al decirse adiós. Por fin, ella lanzó un último aullido —¿o fue mi propio aullido?—, permaneció rígida en lo que duró aquel grito y luego se ablandó, se convirtió en puro trapo, el otro siguió castigándola, acaso más violentamente, y ella sacó una vocecita ronca para rogar que la dejara quieta, que ya no le aguantaba el cuerpo, que no lo soportaba más... El hombre se incorporó, pensé por un momento que iba a salir del auto, pero en lugar de eso se le fue encima a Julieta, se elevó delante de su cara y le acercó el sexo a los labios, todo fue rápido, bramó cinco o seis veces y se derrumbó jadeando, echando espuma por la boca, quejándose bajito, con un chillido de mujer. Al poco rato se apartó, y entonces sí, salió del automóvil, recogió su ropa y me miró fríamente mientras se vestía. Entré a ver a Julieta, seguía tumbada en el asiento, el rostro cubierto por esa especie de tela de araña que era el esperma del taxista, saqué el pañuelo y empecé a limpiarla, ella abrió los ojos, todavía ausentes, la ayudé a incorporarse, le abotoné yo mismo la blusa, la peiné con los dedos. El hombre se puso de nuevo al volante, pero no volvió a mirarnos durante todo el trayecto; al llegar a Grand Bourg se limitó a preguntar dónde debía dejarnos, me acordé del Club Raïssa y le pedí que nos llevara allí. Cuando bajamos se dio la vuelta y se quedó observando a Julieta, ella también se detuvo, hubo un intercambio de miradas, les había gustado, pensé, todo lo que habían hecho les había gustado. Julieta suspiró, estaba ojerosa, le pregunté dónde quería sentarse y me pidió que fuéramos adentro, estaba harta del sol. Pedimos la botella del Elixir de la Marie Galante y, en la penumbra del ranchón, el verde del licor fosforesció como una lámpara maldita. Le tomé una mano y ella la retiró, me miró fijo, me habló con una voz que ya no era la suya: yo era un canalla, dijo, y no quería volver a verme nunca. Pedí otra botella, aún quedaba en la que estábamos bebiendo, pero pedí una nueva, le serví un vaso, se lo puse entre las manos y le besé la boca, esa boca que estaba cansada de tanto besar, ella tenía la cara pegajosa, se lo dije, le pregunté si sabía lo que traía pegado a las mejillas, le lamí los párpados, me seguiría viendo aunque no quisiera, nos quedaba mucho por hacer, ya la había visto gozando con un hombre, ahora tenía que verla revolcándose con una mujer, dijo canalla, lo dijo tres o cuatro veces y yo le di una bofetada, ella me respondió lanzándome el licor al rostro, le advertí que iba a matarla, pero que antes quería verla retozar con otra hembra, una negrita de pechos duros, de vientre liso, de muslos de venado, una prieta fogosa y bañada en sudor, me alebrestaba ese olor, me enloquecían los cuerpos sudados, iríamos a buscarla, ambas tendrían que hacer lo que yo les mandara, besarse los labios, lamerse los vientres, arrancarse uno por uno los pendejos, debía acordarse de que yo iba a estar muy cerca, si le ordenaba que bajara, ella tendría que bajar, meter la punta de la lengua entre las nalgas anegadas, chupar la carne de las ingles, Julieta, tendría que dejarse masturbar por el pezón de la negrita, eran pezones duros, que al ser frotados contra el clítoris producían un fuego de locura, ya vería lo bien que lo pasaba, debía confiar en mí, le iba a gustar hacerlo, ¿acaso no le había gustado con aquel taxista?, que me dijera, cerda (la agarré por el cabello), ¿le había gustado o no?, dijo que sí, un sí muy débil, más alto, grité, que yo lo oyera, que dijera si le había gustado, que dijera si lo había sentido, si no era cierto que nada le había dolido tanto en este mundo como le dolió la verga de ese hombre, ¿le había dolido o no?, dijo que sí, más alto, perra, y ella gritó que sí, que sí, que sí...

Ángela:

Tu emisario —nuestro emisario— a veces viene a la casa y se entretiene comiendo galletas en lo que yo termino de escribirte. Ayer, por primera vez, vio los bocetos que dibuja la extranjera, que son en su mayoría animales fornicando, detalles de los sexos, láminas muy explícitas que no sé si debería ver un niño de su edad. Estuvo un largo rato observando los dibujos y cuando llegó la extranjera, le hizo muchas preguntas al respecto. Hoy ha vuelto, ahora mismo está sentado junto a ella, que de paso lo atiende con una gran paciencia, todo hay que reconocerlo. Hace un momento vino a buscar sus galletas y le entregué esta carta para ti, pero él dijo que aún no se marchaba, que estaba con Mickey —él le ha puesto Mickey , y me contó parte de lo que había aprendido, que créeme, es bastante. Le recomendé que no le comentara a nadie que Mickey le enseñaba aquello, que en todo caso dijera que lo había leído. «¿Dónde?», preguntó. «Di que lo leíste en la *National Geographic»,* y le mostré un ejemplar de la revista, esa revista americana que la extranjera recibe con tanta emoción. Aun en este momento, mientras te escribo estas líneas, lo escucho preguntar cómo se besan las babosas (supongo que serán besos eternos, húmedos, profundos), porque hasta las babosas, Ángela, se están besando a espaldas nuestras.

Abel

Sin abrir todavía los ojos, escuché el zumbido del silencio. Me quedé un rato oyéndolo, a ver si por casualidad pescaba algún otro sonido. Entonces sí, levanté lentamente los párpados y vi la silueta de Celia, sentada al borde de la cama. Dudé si debía avisarla de que ya estaba despierto, el último recuerdo a flote se remontaba al Club Raïssa, a la mirada extraviada de Julieta, al verde contagioso del Elixir de la Marie Galante. Lo otro, lo más reciente, eran fragmentos de los sueños, había soñado mucho, quién sabe cuántas horas, unos sueños terriblemente oscuros y reales.

—La Bella Durmiente volvió al mundo... ¿Cómo te sientes del miocardio?

La mordacidad no era su fuerte, nunca lo había sido, pero una cosa tuve clara: Celia estaba en pie de guerra. Después de tantos años de habernos visto el uno al otro dormidos y despiertos, era inútil que tratara de engañarla. Ni siquiera había necesidad de hablar, a ella se lo decía el instinto: ahora está dormido, ahora está en el límite, ahora se despertó. Es deprimente saber que no hay sorpresas, y es un alivio saber que no las hay. Le pregunté que dónde estábamos, se levantó y prendió la luz. Estábamos en un barco, querido, ¿no me acordaba ni siquiera de eso? Me incorporé, traté de ubicarme y atar cabos, no tenía ni idea de cómo había llegado al camarote, ni recordaba haberme desnudado. Pero ahí estaba yo, desnudo y bien desnudo, mi cuerpo entero era un brutal latido de dolor.

—Sé perfectamente que estoy en un barco —le dije—. Quería saber si ya dejamos la Marie Galante.

—Nosotros sí —respondió Celia—, vamos camino de la Martinica.

Tomé tres vasos de agua, uno detrás del otro, trastabillé hasta el baño y oriné un orín ardiente y espeso, me pareció que algo verdoso. Volví a la cama, Celia se veía muy tensa, aún no había contestado a su pregunta, ¿qué tal me sentía del miocardio? No me gustaba el tono de su voz, ni me gustaba su manera de acosarme, no me gustaba para nada esa mujer, esa perfecta extraña.

—Estuviste soñando —agregó—, te agarrabas el pecho y gritabas. Me asusté y volví a llamar al médico, que dijo que no me preocupara, que era la borrachera.

Traté de hacer memoria. Sabía que había soñado con ella, con la bella Ángela, un sueño de carne y hueso donde la escuchaba cantar. La escuchaba cantar, pero en el fondo sabía que estaba llorando. En los sueños ves una cosa y es la otra, ves una cara desconocida y sabes que es la de tu madre, por ejemplo. Es el único paraje de la vida donde uno puede actuar por lo que siente, y no por lo que ve.

—Creí que soñabas con tu miocardio, ¿no has sentido ninguna punzadita?

Celia tenía ganas de guerrear, era normal. Y yo no tenía ningún deseo de bronca, lo que también era normal. *«It takes two to tango»,* pensé, y aquí faltaba uno, faltaba mi parte, la parte de mi vida que no quería más guerra. Prendí un cigarrillo y le confesé que no me sentía ni bien ni mal, que por ahora estaba sembrado en una especie de limbo del espíritu y del cuerpo, le había perdido el miedo al corazón, ya no me asustaba morir del infarto, que mirara por dónde me había servido este viaje. Ella sonrió, malévola y calculadora, muy bien, me dijo, se alegraba mucho de eso, una hipocondría menos en mi historia, pero, de todos modos, con algo horrible tenía que haber soñado para gritar así, que hiciera memoria, las pesadillas convenía contarlas para que luego no se dieran.

—No fue ninguna pesadilla, soñé con la bella Ángela.

—Ahhhh —exclamó Celia—, con tu abuelita, la maricona...

Era un golpe bajo, una salida demasiado ruin. Con Ángela pasamos, Celia y yo, los mejores momentos de nuestro noviazgo. En su casa nos hartábamos de oír boleros, a última hora la pobre sólo quería escuchar aquella música, las mismas canciones que sazonaron su romance con Marina, porque en su edad madura la abuela amó desesperadamente a otra mujer, una pasión que tuvo su apogeo siendo yo todavía un niño. En eso precisamente había consistido mi sueño, llegaba a la casa de las afueras —Ángela siempre vivió en las afueras y yo siempre soñaba con su casa—, trayéndole una carta de su amante (me tocaba a mí llevar las cartas), ella se encerraba conmigo en el cuartito de escuchar la música, prendía el fonógrafo y ponía el último disco de Leo Marini. Ahí se terminaba el sueño. En la vida real, el ritual era mucho más largo y complicado. Ángela palpaba la carta y no la abría, ponía otro disco, generalmente Pedro Vargas, «quisiera ser el sortilegio de tus lindos ojazos y el nudo de tus brazos», ella besaba el sobre, lo rasgaba con sumo cuidado, sacaba el papel y yo la miraba a los ojos, una expresión que se le transformaba a medida que iba leyendo: sonreía, negaba con la cabeza, soltaba una carcajada... Luego lo guardaba todo, se lo guardaba en un bolsillo y me miraba radiante, ese bolero, decía, lo escuchara bien, y se ponía a cantar, ella, que tenía una voz muy ronca, maciza, algo machuna, cantaba y actuaba la canción, a mí me daba mucha gracia, me doblaba de la risa al verla, me tiraba al suelo a carcajearme, se asomaba entonces el abuelo, siempre de malas, nos miraba a los dos, a ver si acabábamos con el escándalo, luego desaparecía, veíamos su silueta difuminarse por detrás de la mampara de cristal, mi abuela hacía una mueca, sacaba el sobre y volvía a besarlo.

—Bueno que hayas soñado con ella —dijo Celia—, a lo mejor te está llamando.

Le decían la bella Ángela porque en realidad había sido bella. Cuando la conocí, era ya una mujer madura, tendría más o menos la misma edad que tengo yo ahora, no sé, acaso un poco más, ya estaba blanca en canas, qué curioso, fue canosa desde joven, como Julieta. Yo por aquel entonces tendría unos ocho años, a todo tirar nueve. Marina nos visitaba por las tardes, trayendo un libro de poemas, y ambas se sentaban en el sofacito de la sala, Marina leía, Ángela hacía punto, y al cabo de un rato, mi abuela se quejaba de dolor de espaldas y recostaba la cabeza en la falda de su amiga, la otra le acariciaba la frente, le alisaba el pelo, se inclinaba para besarle la nariz, un beso breve, demasiado breve, pero que a mí, que lo observaba todo desde abajo, me llenaba siempre de una gran felicidad. Al cabo de un rato, si el abuelo estaba fuera de la casa, las dos mujeres se levantaban y se iban derecho al cuartito de escuchar la música. La abuela ponía un disco, «una vez nada más en mi huerto brilló la esperanza», y, cuando yo intentaba entrar, pasaba el pestillo, me gritaba desde dentro que las dejara quietas. Yo pegaba el oído, trataba de mirar por las rendijas, pero nunca pude ver ni escuchar nada, cuando terminaba la música, «hay campanas de fiesta que cantan en el corazón», reinaba un gran silencio, eso era todo. Al día siguiente, al volver de la escuela, pasaba por la casa de Marina, que me esperaba con la carta entre las manos, que se la diera a la abuelita, me decía, y me besaba la nariz. Si aún no había terminado de escribirla, me invitaba a comer, yo aprovechaba para masticar los huesos de los pollos —en mi propia casa no me dejaban hacerlo— y la veía inspirarse. Marina hablaba sola, sonreía, negaba con la cabeza, soltaba una carcajada, se le llenaban los ojos de lágrimas. Luego besaba el papel antes de meterlo en el sobre.

—Tu abuelita también era medio descocada —agregó Celia—. Lo que se hereda, ya tú sabes...

Muchos años después, Celia y yo hicimos costumbre de visitar a la bella Ángela, bastante decrépita y casi ciega. Eran veladas musicales que se prolongaban hasta las diez, a veces hasta la medianoche. La abuela se empeñaba en que Celia leyera las viejas cartas de Marina, las leyera en voz alta para escucharlas otra vez. Celia sacaba una vocecita fría, a fuerza distante, que nunca nunca lograba conmovernos. Por aquel entonces Marina ya no estaba, se había muerto hacía cinco o seis años, pero para la abuela se había muerto mucho antes, cuando se enamoró de otra mujer, una extranjera con cara de ratón que le prohibió venir a visitarnos. Entonces yo volvía de la escuela sin traer nada, ni una nota, ni una palabra de despedida, ni un breve beso de recuerdo, y a la bella Ángela se le caía el mundo encima y me pedía que le pusiera el disco de Leo Marini, «pero qué importa la vida con esta separación», lloraba, manchaba de lágrimas y mocos el tapizado del sofá, pasaba el abuelo, siempre de malas, nos miraba sin decir palabra y su figura se difuminaba lentamente por detrás de la mampara de cristal. Marina solía firmar sus cartas con el seudónimo de Abel, así que al principio Celia creyó que le leía a mi abuela las cartas de un antiguo amante, un viejo muy apasionado que, según me decía luego, no pensaba en otra cosa sino en comerse crudo el anchuroso cuerpo de la bella. No pude confesarle la verdad hasta que la abuela murió —acababa de nacer Elena—: Abel era Marina, la bella Ángela su amante, Mickey (por su carita de ratón) era el nombrete que le puse a la extranjera que las separó.

—*Somos* —recordó Celia— era la canción de tu abuela. La vejez le dio por eso.

Se murió oyéndola, mi madre contó que hubo que ponérsela diecisiete veces antes de que entrara en coma. Vino el cura y mandó apagar el tocadiscos, la bella Ángela, muy ofendida y temblorosa, mandó que volvieran a ponerlo. Entonces se confesó, se acusó a viva voz de haber amado a otra mujer, de haber gozado lo indecible mamando de sus pechos, de haber enloquecido frotando horas enteras este sexo, padre, esta viciosa almeja que comerán mañana los gusanos, contra la crica idolatrada de una traidora que al fin y al cabo la dejó por otra. El cura intentó hacerla callar, le prodigó un perdón apresurado y la dejó a su suerte, adormecida por el canto general de Leo Marini: nada más que eso éramos..., nada más.

—A ti, en cambio, la vejez te está dando por otras cosas.

Celia volvía a la carga, intentaba desesperadamente herirme, y yo sentía compasión por ella. Me ardía la cabeza y me ardían los ojos, pero tenía apetito, le pregunté la hora y respondió que eran las dos de la mañana. Pegué un salto en la cama, no era posible, ¿cuánto tiempo había dormido?

—No tengo la menor idea —dijo—, no me he molestado en sacar la cuenta. Pero, si quieres, la sacamos ahora mismo. Te dormiste, mejor dicho, te tiraron inconsciente en esa cama como a las tres de la tarde. Llevas exactamente once horas durmiendo la mona.

Ahora lo recordaba todo, o casi todo. De las paredes del ranchón donde Julieta y yo bebíamos el Elixir, colgaban fotos de Raisa Gorbachov, decenas de fotos, la Gorbachova reinaba en la rue de la Marine, frente al embarcadero de Grand Bourg, que es el lugar más animado de la Marie Galante. Se me ocurrió que aquel tugurio era una tapadera, solté un discurso contra los traficantes y piratas (en la Marie Galante nunca faltó un pirata), me levanté y grité improperios, arranqué una de las fotos, la rompí en mil pedacitos ante los ojos desolados de Julieta, el hombre que nos estaba atendiendo se esfumó y reapareció más tarde, acompañado de un grandote con turbante, una especie de hindú, desconcertado y bruto, que nos mandó desalojar la mesa. Sé que quise alcanzar a Julieta, sé que intenté avisarle de que nos íbamos, sólo eso sé. Cuando volví a tomar conciencia de mí mismo, sentí el zumbido del silencio, que era el zumbido natural del camarote, y permanecí con los ojos cerrados, a la espera de un milagro.

—Han debido de darnos alguna droga, estoy seguro de que nos dieron veneno.

Celia echó la cabeza para atrás, enseñó los dientes, pero no produjo ningún sonido.

—Comprendo que les dieran veneno —le había cambiado hasta la voz—, es lo que se les da a las ratas, ¿no?

Lo sentía en el alma, pero necesitaba preguntarle por Julieta, necesitaba averiguar cosas elementales, cómo fue que logramos salir del Club Raïssa, cómo logramos regresar al barco... Respiré hondo, tal como si fuera a sumergirme y le pedí que me lo contara todo. Ella sonrió triunfante, eso era exactamente lo que había estado esperando durante muchas horas, sólo por eso se mantuvo a mi lado, velándome en la oscuridad, calando mi respiración.

—Te trajeron dos negros. Julieta se quedó.

Sacudí la cabeza, la miré desarmado, me había quedado sin aire y estaba en el fondo, en el puto fondo del abismo, que se compadeciera de mí, se dignara al menos a explicarme el resto.

—Ella también regresó al barco, la trajeron contigo, con la diferencia de que todavía se tenía en pie (tú no, tú estabas como muerto), recogió sus cosas y avisó de que se quedaba en la Marie Galante. Para siempre.

Cerré los ojos y me acordé de la bella Ángela. Me acordé porque quise, porque necesitaba rescatar su melodía, siquiera una canción en ese mar garrapiñado de boleros. Entonces caí en la cuenta de que todo buen sueño tiene su doble código, su mala espina, su lado oculto. «Te traigo una carta», le dije a la abuela, al rostro de la abuela y a la voz de la abuela, pero debajo de ella se ocultaban el rostro y los ademanes de Julieta. La bella Julieta. Nunca más.

Josefina Beauharnais reinaba en el Black Angus. El Black Angus estaba en Fort-de-France. Y en Fort-de-France estábamos nosotros. Así de simple. Yo iba todo de blanco, pantalones, zapatillas y camiseta del mismo color, y un sombrero panamá que Celia me regaló nada más bajar del barco. El bar era muy parecido al Club Raïssa, un ranchón húmedo y a esas horas desierto, que se diferenciaba del de la Marie Galante en una sola cosa: estaba bien iluminado, la luz entraba por las claraboyas del techo y uno se sentía flotar en esa atmósfera silente y trágica, como si flotara en un lugar de muerte. Una lámina bastante burda, manchada de moho, presidía el local: la Emperatriz Josefina, nacida en la Martinica, se hacía querer por un negro de las islas; la verga del esclavo, cual morada anaconda, se enroscaba a su cuerpo, y la cabeza del animal venía a tener entre sus pechos el résped sanguinario hundido en su pezón. Celia creyó al principio que se trataba de Cleopatra. Luego se levantó, se acercó todo lo que pudo y se rindió a la evidencia: *«Joséphine, enfin tu es mienne»*, decía la inscripción.

Se quedó allí, mirando el cuadro, se quedó inmóvil y se me ocurrió que en realidad no lo estaba mirando. Para cuando volvió a la mesa, traía un puñado de preguntas. A esas alturas, dijo, no valía la pena separarnos, ni siquiera valía la pena mentir. Me miró a los ojos, que dijera la verdad, Fernando, cuántas veces me había acostado con Julieta. Le respondí que tres, a lo mejor eran cuatro. Ella bajó la vista, en algún lugar había leído que las arpistas eran todas un poco putas, la posición tal vez, ya sabes, las piernas siempre así, el arpa puesta acá. Empezaba a asfixiarme, me sentía impotente, avejentado, estúpido. Celia preguntó dónde lo habíamos hecho. Yo era un canario, un pobre pájaro cantor, no se lo decía por decirlo, lo confesaba para no olvidarlo, ella sería mi memoria, lo habíamos hecho en todas partes, allí en su camarote, que era el Lisboa 16, en una escalera de Pointe-à-Pitre, incluso debajo del agua. Era bueno hacerlo en el mar, los cuerpos flotan, los pechos de las mujeres se quedan en la superficie, mitad dentro y mitad fuera del agua, las vergas en cambio deben bregar con la vulgar esquizofrenia de las temperaturas, caliente dentro, frío en el mar. Celia me escuchaba muy seria, con mucha atención, como si le estuviera hablando de un tema muy profundo. No había modo de saber lo que estaba sintiendo. Le conté que Julieta tenía el pubis canoso, en realidad casi blanco, era como el pubis de una ancianita, como violar a la propia abuela. Ella sonrió, abrió el bolso y extrajo un

FPA WOMEN'S HEALTH

EST. 1969

Long Beach, CA

Our Address: 2777 Long Beach Blvd #200, Long Beach, CA 90806, USA

Phone Number: (562) 595-5653

sobre: «Tuvo el descaro de dejarte esta carta». Extendió el brazo y no moví ni un solo músculo, no hice siquiera amago de tocar aquel papel, ella lo dejó caer sobre la mesa y yo empecé a sudar frío, me abaniqué con el sombrero, «léela», me dijo, «puedes leerla si te da la gana». Comprendí que tenía dos alternativas: la primera, romperla en pedazos; la segunda, la más dramática, devolvérsela, que la leyera ella misma, la historia había terminado... Fue un golpe maestro, Celia recogió la carta, rasgó el sobre y yo me levanté con disimulo, me aparté con la excusa de ir a mirar la lámina: *«Joséphine, enfin tu es mienne»*, la verga trepadora aprisionaba pechos, muslos y caderas, me dieron ganas de Josefina, me dieron ganas de Julieta, sentí el deseo impostergable de abrazarla, de masticar su carne pecadora, de hincarle el diente a sus pezones ciegos, era la última vez que iba a sentir una pasión así, que dijera adiós mirando al infinito, tenía conciencia de que me alejaba de algo o de alguien, acaso de mí mismo, y me alejaba en este bar perdido de la Martinica, en esta cueva roñosa y solitaria, en este culo del mundo. Me di la vuelta y volví a la mesa. Celia estaba guardando la carta en su sobre, la guardó y enseguida la rompió en mil pedacitos que cayeron al suelo. «No era arpista», dijo. Yo contuve la respiración, me preparé para lo peor, pero ella no agregó nada más. Pagamos y salimos del Black Angus, en Fort-de-France vimos a la gente claveteando ventanas, alguien comentó que se acercaba un huracán. Me acordé de Bermúdez, también eso me lo había advertido, de junio a noviembre el Caribe era el diablo. Celia se excitó, acaso el barco no saliera, y yo me aterré, ya sólo deseaba partir, perder de vista a toda aquella gente, olvidar que alguna vez había pisado la Marie Galante, borrarlo todo, todo, todo..., un huracán podría borrarlo bien.

El barco sí partió, para desconsuelo de Celia, que se quedó sin ver lo que era un huracán. Esa noche comimos a bordo, la sombra de Julieta revoloteó un par de veces entre nosotros. Ambos pensamos en ella, estoy seguro de que casi al mismo tiempo, y ambos evitamos mencionarla. Hablamos, eso sí, de Elena, poco a poco volvíamos a la normalidad, a los temas de todos los días. Me lamenté de no haberle comprado un regalo, Celia sonrió, ella había pensado en todo, le había comprado un prendedor en Guadalupe, en aquel lugar llamado Gosier, Gosier, Gosier, lo repitió como si se tratara de una fórmula mágica, el abracadabra que abría no sé qué puertas de su mente, se quedó absorta y otra sombra, que no pude precisar cuál era, planeó también sobre nuestras cabezas. Por lo demás, cenamos en calma, tomamos postre y al final salimos a pasear por cubierta. La noche estaba fresca, era la primera noche fresca en tantos días de canícula. Celia me tomó una mano y tuve el pálpito de que algo horrible iba a decir: «El trompetista no murió en ningún abismo». Ahora más que nunca tenía que demostrarle aplomo, me quedé rígido, vi una especie de resplandor rojizo en el horizonte, el reflejo de alguna de las islas que iban quedando atrás, se me hizo un nudo en la garganta. «Vive con ella, se casaron hace diez años.» Eran las confesiones de la carta, las palabras que habían quedado rotas, hechas pedazos, revueltas con el aserrín del suelo del Black Angus. «Ah, y no se llamaba Julieta.» Contuve el sobresalto, me porté como un hombre, incluso sonreí. Ya iba siendo hora de que volviéramos al camarote, le pasé un brazo por los hombros y echamos a caminar, pensé que tampoco era prudente callar del todo, estaba dispuesto a hacer un último comentario, algo trivial, era quizá la última vez que iba a hablarle de ella, de modo que se lo dije, le dije que Julieta, o como se llamara, tenía imaginación para esas cosas, quería decir, para inventarse nombres, «¿sabes cómo me dijo que se llamaba el trompetista?», nos detuvimos delante de la puerta, saqué la llave, Celia tembló casi imperceptiblemente, acaso tuvo el pálpito de que ahora iba a ser yo quien iba a decirle algo terrible. «No», me dijo, «no lo mencionó en la carta.» Hice una pausa, entramos al camarote, le serví una copa. «Siéntate, te lo voy a decir.»

La última noche que pasé contigo

Ángela:

Esta mañana, sin haberme levantado aún, prendí la radio. Estaba sola en mi cama (al contrario de lo que tú piensas, esa mujer, esa extranjera como tú le dices, no duerme todavía conmigo), estaba sola y empezaron a tocar nuestra canción. Subí el volumen, me tapé la cabeza, pensé que es una pena que jamás hayamos pasado una noche juntas, es una pena porque un amante nunca sabe lo vulnerable y manso que es el otro hasta que no lo ve dormir. Nunca nos vimos dormir, ¿entiendes, Ángela?, ésa es la gran carencia de nuestra relación. Cuando se terminó el bolero, yo estaba llorando, imaginándome cómo habría sido pasar una noche contigo, trasplantando las vivencias de todas esas tardes que pasamos juntas, en el apretado corazón de aquella noche que siempre nos faltó. Poco después me destapé y vi que Julieta (la extranjera se llama Julieta, ya es hora de que la llamemos por su nombre) estaba parada en la puerta, llorando también, mirándome sufrir por ti. Acababa de levantarse, tenía el cabello revuelto y una bata vaporosa, azul tal vez, tal vez amarilla, me imaginé que tenía frío, en realidad estaba temblando, así que me hice a un lado, levanté la colcha y le pedí que se viniera a la cama. Ella accedió, se acurrucó a mi lado y poco a poco nos fuimos calentando. Es bastante más joven que nosotras, pero probablemente también mucho más sabia. De cara es fea, tú lo sabes, sin embargo tiene un cuerpo espléndido y de repente se me ocurrió que hubiéramos podido ser muy felices las tres. Allí pasamos la mañana, nos levantamos tarde, ella preparó el desayuno y, para cuando tu nieto pasó a verme, yo no te había escrito ni una sola línea. El pobrecito se paró en la puerta, «hoy no hay carta», le dije, puso una carita que me partió el alma y respondió que podía esperarla, esperaría como otras veces a que yo terminara de escribirla. Busqué los ojos de Julieta, ella me miró con una severidad que me asustó, es muy sabia esta muchacha, «no hay carta», le repetí a tu nieto y la volví a mirar a ella, que me observaba con esa expresión amenazante. Cuando el niño se fue, vino a abrazarme por la espalda y me llevó a su madriguera, la habitación que guarda sus secretos y sus olores íntimos, me tumbó en la cama y allí nos quedamos hasta que oscureció. Fue maravilloso, tiene muchas destrezas esta mujer, nadie diría que puede ser tan fuerte y a la vez tan delicada, una sensibilidad oriental para el amor, es minuciosa, tenaz, perfeccionista... Dijo que seguiríamos durmiendo separadas, lo decidió a sabiendas de que yo vaya a obedecerla, por lo menos durante los primeros meses. Después ya no, después me quedaré en su cuarto o ella vendrá a dormir al mío, porque deseo verla dormir, deseo escuchar los ruidos que hace mientras mastica alguna horrible pesadilla, deseo conocer sus miserias nocturnas, la forma en que se le enreda el cabello, el modo en que abre la boca y se le queda abierta, los flatos y olores que despide su cuerpo desnudo, demás está decirte que dormiremos desnudas. Supe esta mañana, no me preguntes cómo, que esta relación con la extranjera será definitiva. No quiere decir que voy a morir a su lado, ni que voy a morir por ella, pero sí que moriré con su sabor en los labios. Cuando ella se vaya, si es que lo hace algún día, le diré adiós mirando al infinito, con la certeza de que yo también me alejo de algo. Pienso quc a lo mejor tú no me entiendes, a lo mejor jamás te envío esta carta, a lo mejor ni siquiera me despido de ti. Me dará pena, entre otras cosas, no volver a ver a Fernando, ese niño me ha hecho reflexionar. Esta mañana, por ejemplo, me quedé mirando sus ojitos y me compadecí de su inocencia, de su frustración por no poder llevartc ninguna carta, entonces me pregunté qué clase de amores, qué arrebatos, qué dolores lo estremecerán cuando sea adulto. Me gustaría pensar que él también, al final de su vida, tratará de consumir sus miedos en el vértigo imposible dc las pasiones tardías, que sabrá atesorar con luz esos momentos y que el recuerdo de una tarde salvadora, el recuerdo fulgurante de una tarde de amor, se convertirá de nuevo, en su memoria, en el recuerdo de una última noche de locura, esa noche que acaso no pasó con nadie, la misma que yo, jamás, pasé contigo...